DE A à Z

Marie Sexton

DE A à Z

Marie Sexton

Publié par
DREAMSPINNER PRESS

5032 Capital Circle SW, Suite 2, PMB# 279, Tallahassee, FL 32305-7886 USA
http://www.dreamspinnerpress.com/

De A à Z
Copyright de l'édition française © 2014 Dreamspinner Press.
Titre original: A to Z
© 2010 Marie Sexton.
Traduit de l'anglais par Domitile Malin.

Illustration de la couverture :
© 2010 Anne Cain annecain.art@gmail.com.
Conception graphique :
© 2010 Mara McKennen.
Les éléments de la couverture ne sont utilisés qu'à des fins d'illustration et toute personne qui y est représentée est un modèle

Édition imprimée en français : 978-1-63476-509-1
Première édition française en version papier : mai 2015
Édition ebook en français : 978-1-63216-882-5
Première édition française : octobre 2014
Première édition : mars 2010

Édité aux Etats-Unis d'Amérique.

Ma plus profonde gratitude à :

Amy et Carol,
pour leurs conseils assidus.

Troy, qui m'a aidée
avec ces derniers 11 000 mots.

Mon époux Sean,
qui a fait tout son possible
pour me soutenir durant cette entreprise,
même lorsque j'accordais plus d'attention
à Angelo qu'à lui.

Zach…

JE SUIS propriétaire d'un vidéo club alors que je déteste les films. Oui, je sais. C'est complètement ridicule.

C'est un peu arrivé par hasard. Ça a commencé après l'université. Je suis allé à l'Université du Colorado. Mes parents auraient préféré que je fréquente Colorado State, à Fort Collins, mais j'ai insisté. J'ai avancé l'argument que CU était meilleure, ce qui n'était pas la véritable raison. On allait à Fort Collins pour être vétérinaire, travailler dans l'agriculture ou les eaux et forêts ; on allait à CU pour faire la fête. Après réflexion, c'était un coup pendable à faire à mes parents. Les frais étaient beaucoup plus élevés qu'à Fort Collins et j'ai passé cinq ans bourré, défoncé ou les deux. J'ai à peine obtenu mon diplôme de gestion. Je crois que j'avais tout juste la moyenne. Pathétique.

Bien sûr, je n'ai pas fait que boire et fumer. J'ai aussi beaucoup couché. La dernière année, je suis sorti avec Jonathan et après notre diplôme, je l'ai suivi à Arvada, une ville dans la banlieue ouest de Denver. Il était comptable. J'étais un flemmard. J'ai trouvé un boulot au vidéo club du bout de la rue et j'ai continué à fumer, boire et coucher, pas seulement avec Jonathan parfois.

Puis le jour est arrivé où je suis rentré à la maison et où il s'était tiré. Le bon côté des choses, c'est que ça a été mon coup de pied aux fesses.

Après ça, je me suis repris en main, du moins en majorité. Mais je n'ai jamais changé d'appartement ou de boulot. Alors quand mon patron, M. Murray, a décidé de prendre sa retraite, j'ai demandé un prêt et j'ai racheté le vidéo club.

À l'époque, ça me paraissait une bonne idée.

Voilà où j'en étais : trente-quatre ans, célibataire et le très peu fier propriétaire du vidéo club De A à Z. J'ai dit que je détestais les films ?

Fin d'été dans le Colorado, le temps était parfait comme un cliché : ensoleillé, la température autour de 25°. J'avais craqué et allumé la clim.

De A à Z occupait l'un des quatre emplacements de l'immeuble. Il y en avait trois en bas, mon vidéo club était au milieu, flanqué par une librairie ésotérique d'une côté et un dispensaire à cannabis de l'autre. Entre le premier et le second, ça sentait toujours le bois de santal chez moi. L'étage était entièrement pris par un centre d'arts martiaux appartenant à Nero Sensei. Je ne savais pas trop si Nero était son nom de famille ou son prénom, mais en général on l'appelait Sensei. Ce jour-là, le parking était plein de ses élèves, tous habillés de ces pyjamas blancs dont ils sont toujours affublés, à exécuter une sorte d'enchaînement synchronisé en suant comme des bœufs.

On était vendredi après-midi et j'avais un client. Il était déjà venu plusieurs fois ces derniers temps. Il était maigrichon, il avait la peau mate et d'épais cheveux noirs qui encadraient son visage. Il n'avait pas l'air d'avoir beaucoup besoin de se raser. Je ne sais pas reconnaître les origines ethniques. Latino, peut-être, ou pas. Il longeait les étagères, consultant les films. Il s'arrêtait de temps en temps, me regardait et secouait la tête. Je ne comprenais pas du tout quel était son problème.

Il venait de rendre *Blue Velvet*. Je contemplais la boîte, essayant de décider où je devais la ranger sur mes étagères bondées. D'un côté, Dennis Hopper était dedans, ce qui m'orientait vers Action. D'un autre côté, l'image donnait l'impression qu'il était en noir et blanc, ce qui signifiait Classique. J'abandonnai et le rangeai à la première place que je trouvai, sur une étagère étiquetée Autres. Cela me parut très bien.

C'est alors que l'homme de ma vie entra. Il faisait ma taille, un peu moins d'un mètre quatre-vingt, mais il était plus musclé. Il faisait clairement de l'exercice. Il était blond, avec des yeux bleus. Il portait un pantalon gris et une chemise blanche, ouverte en haut. Je jetai un coup d'œil rapide à ma chemise et fut soulagé qu'elle soit encore à peu près propre. Pour une fois, je n'avais pas fait de tache en déjeunant.

— Je suis Tom Sanderson, dit-il, la main tendue. Le nouveau propriétaire.

J'avais lu la description de gens à la riche voix de baryton. Il en avait une. Il avait une fossette au menton. Il était incroyablement beau ; encore mieux, il me regardait avec un intérêt affiché.

Mon travail devint soudain beaucoup plus intéressant.

— Enchanté, répondis-je en lui serrant la main. Zach Mitchell.

— Zach.

Il garda ma main un peu plus longtemps que nécessaire avant de la lâcher et de jeter un regard autour de lui.

— Sympa.

Il réussit à ne pas avoir l'air sarcastique. Cela faisait des années que rien n'avait changé ici. La couleur des posters aux murs était passée, ils étaient poussiéreux et annonçaient des nouveautés vieilles de plusieurs années.

2

— Ça marche bien ?

— Pas trop mal.

Mensonge. Ça marchait très mal. Pas catastrophique, mais vraiment pas terrible. En fait, le voyou grognon était presque à lui tout seul une heure de pointe. Je rendis son regard à Tom.

— Je survis.

Ça au moins, c'était vrai.

— C'est vous mon propriétaire maintenant ?

— Eh oui. Mais que ça ne vous trompe pas. Je ne suis pas méchant.

Il me fit un sourire ravageur.

— Je n'en doute pas, répondis-je.

Il me contempla un instant, comme s'il me jaugeait, puis sourit à nouveau.

— Laissez-moi vous inviter à dîner ce soir, je vous le prouverai.

Je n'arrivais pas à croire qu'un type aussi attirant que lui me demande de sortir avec lui. Je suis assez banal : je fais un mètre quatre-vingt à peine, je suis brun, j'ai les yeux bleus, une corpulence dans la moyenne. Banal, banal, complètement banal. Je ne suis pas moche, mais je n'ai jamais été de ce genre de type que l'on remarque, que l'on désire ou qui attirent immédiatement. Vous savez, ce genre de types-là. Des types comme lui.

— Avec plaisir ! répondis-je en espérant que je n'avais pas l'air trop enthousiaste.

— Je passerai vous chercher ici à dix-huit heures.

Je n'avais rencontré personne depuis des mois. Je comptais les heures.

Ruby passa plus tard dans l'après-midi. Elle possédait la librairie ésotérique d'à côté. Elle avait une soixantaine d'années au moins. Elle faisait à peine un mètre cinquante et devait peser moins de quarante-cinq kilos. Elle avait les cheveux gris, courts et bien coupés, et elle portait toujours des tailleurs chics. Ce jour-là, il était gris charbon, orné d'une écharpe bleue assortie à ses yeux. On aurait dit une riche grand-mère.

Toutefois cette illusion volait toujours en éclat dès qu'elle ouvrait la bouche. C'était là que vous vous rendiez compte qu'il lui manquait quelques fusibles.

— Salut, Ruby. Tu as rencontré le nouveau propriétaire ?

— Bien sûr, répondit-elle d'un ton écœuré. Quel homme épouvantable !

— Vraiment ?

Elle était si sérieuse que je retins mon rire.

— Pourquoi dis-tu ça ?

— Il n'a pas d'âme, répondit-elle comme si c'était la chose la plus évidente. N'as-tu pas vu ? Rien que du noir, partout.

Elle frissonna.

— Il va nous poser des problèmes, Zach.

Elle agita son index vers moi.

— Crois-moi !

— Très bien.

Que pouvais-je répondre d'autre ?

— Mais ce n'est pas de ça que je suis venue te parler. Je voulais que tu saches que j'ai eu une vision à ton sujet la nuit dernière.

Ruby prétendait être médium. Elle avait tout le temps des 'visions'. Je ne crois pas trop à ce genre de trucs, mais je n'avais jamais eu le cœur de le lui dire.

— Vraiment ? demandai-je tranquillement.

— Tout à fait. Je t'ai vu. Tu étais avec un ange. Vous étiez dans un magasin de pièces détachées pour voiture. Vous distribuiez des pâtes à la sauce Alfredo.

Elle me regarda d'un air attentif.

Je ne savais jamais quoi répondre après l'avoir entendu parler de ses 'visions'. Devais-je applaudir ? Avoir l'air stupéfait ? Ou effrayé ?

— Humm… balbutiai-je à la place. C'est très intéressant.

— C'est ce que j'ai pensé aussi.

Elle me regardait toujours, dans l'expectative, comme si j'allais soudain craquer et admettre que j'avais bien servi des pâtes au garage la nuit dernière, Gabriel en personne à mes côtés.

— Un ange ? demandai-je bêtement.

— Mais oui !

Elle me décocha un sourire lumineux.

— N'est-ce pas merveilleux ? J'ai toujours espéré que tu rencontrerais une gentille fille et désormais, j'en suis certaine !

Ce n'était pas que j'avais une quelconque envie de rencontrer une 'gentille fille'. J'avais dit au moins vingt fois à Ruby que j'étais gay, mais elle réagissait toujours comme si elle ne m'avait pas entendu. J'étais à peu près certain qu'elle croyait que ce n'était qu'une phase et que je finirais par passer à autre chose.

— Il fallait que je te le dise. Je me suis dit que tu voudrais le savoir.

— Bien sûr, Ruby. Merci.

Et en plus, je réussis à maintenir un visage grave.

4

— Je t'en suis reconnaissant.

Elle hocha la tête sagement, puis se dirigea vers la porte. Elle était en train de l'ouvrir lorsqu'une idée me frappa.

— Ruby, dus-je demander, est-ce que j'étais mort ?

Elle me regarda d'un air surpris.

— Bien sûr que non, mon garçon. Pourquoi donc serais-tu mort ?

— Eh bien…

Je me sentais idiot, mais maintenant que j'avais cette idée en tête, il fallait que je le sache.

— S'il y avait un ange, alors je devais être au paradis, non ?

Elle agita le doigt dans ma direction.

— Ne joue pas au plus malin avec moi, Zach. Il n'y a pas de voiture au paradis.

Après elle, arriva Jeremy. Son dispensaire était du côté opposé de la librairie de Ruby, mais ce n'était pas un hippy en sandales et aux cheveux longs. Il était père de trois adolescents, il portait une cravate tous les jours et il siégeait activement à l'assemblée des parents d'élèves ainsi qu'au conseil municipal. En plus de tout ça, il soutenait loyalement le parti libertarien. La plupart du temps, ce n'était pas un problème, mais nous étions dans une année d'élection, ce qui signifiait que Jeremy était entré en pleine campagne.

— Zach, il faut que je sache si tu as réfléchis à ton vote aux élections présidentielles.

Je manquais dramatiquement d'éducation en matière de politique.

— Est-ce qu'on sait déjà qui sont les candidats ? demandai-je.

N'y avait-il pas d'abord des primaires ou des caucus ou un truc du genre ?

Écœuré, il secoua la tête.

— Zach, peu importe quel pantin les Républicrates[1] nommeront candidat ! Dans tous les cas, c'est voter pour maintenir le statu quo. C'est ça que tu veux ?

— Euuuuh…

— Tu es pour le droit à l'avortement ?

— Euh, oui ?

On ne peut pas dire qu'un homo y réfléchisse beaucoup.

— Et tu dois être pour le mariage gay ?

— Bien sûr.

---

[1] Combinaison de Républicain et Démocrate, les partis américains principaux. (NdlT)

Mais pour ça il faudrait déjà que j'aie un petit ami, non ?

— Et tu défends la dépénalisation de la marijuana ?

— À priori.

Hors de question d'en débattre avec un homme dont le métier était de vendre des joints.

— Tu ne crois pas que tu devrais pouvoir voter contre notre sécurité sociale insensée sans voter contre ces droits basiques ? Des droits basiques qui devraient être protégés par notre constitution ?

— Euh…

— Est-ce que tu as seulement lu la constitution, Zach ?

Je dus prendre le temps d'y réfléchir. Je ne m'en souvenais pas. Comment avais-je pu passer douze ans à l'école publique et cinq ans dans une grande université sans l'avoir jamais lue ?

— Je ne crois pas, admis-je avec surprise.

Il secoua la tête.

— Le président non plus, Zach. Penses-y.

Il déposa une pile de prospectus sur le comptoir et se dirigea vers la librairie de Ruby. La campagne allait être longue…

Puisqu'on était vendredi, tous mes habitués passèrent au cours de l'après-midi. Il y avait d'abord eu le petit voyou qui était parti un peu après Tom, mais avant que Ruby dévoile sa vision sur l'ange et les pâtes. Puis Jimmy Buffett. Je ne me souvenais pas de son vrai nom, mais il ressemblait comme deux gouttes d'eau au chanteur de 'Margaritaville'. Il avait toujours l'air embarrassé quand il m'apportait ses films, je ne pouvais que croire que c'était à cause de ses horribles chemises hawaiiennes. Ensuite il y eut Eddie. Ce n'était pas non plus son vrai nom, mais il portait toujours un tee-shirt Iron Maiden où était imprimé le macabre Eddie, et sa coupe était la même que celle du chanteur. Il avait toujours l'air furieux contre moi. J'accusais la musique. Et enfin vint la Gothique. Cheveux noirs, épais crayon noir qui lui donnait toujours l'air d'avoir pleuré et trois piercings à la lèvre inférieure. Elle me défia furieusement du regard en payant pour son film, puis il fut temps de fermer.

Toute la dernière heure, je m'étais inquiété que Tom ne se montre pas, mais il débarqua à dix-huit heures piles. Il m'emmena dans un restaurant fabuleux. Nous bûmes une bouteille de Chianti et parlâmes de tout et de rien. Il n'y avait aucun doute sur le fait qu'il flirtait avec moi. Après quoi, il me raccompagna à De A à Z, puis à ma voiture.

— Le propriétaire précédent était à deux doigts de la banqueroute, alors j'ai racheté l'immeuble à un bon prix. Ce n'était pas un très bon gérant. Tu te rends compte que vous n'avez même pas de contrat de location ?

— Oui, M. McBride n'aimait pas trop les contrats. Je payais mon loyer et ça lui suffisait.

Je me rendais compte maintenant que du coup, on pouvait m'expulser du jour au lendemain.

— Je ne vais pas tarder à mettre en place de nouveaux contrats. La mauvaise nouvelle, c'est que je ne crois pas pouvoir maintenir le loyer. Il faut faire beaucoup de travaux dans l'immeuble et je reste quand même un homme d'affaires.

C'était clairement une mauvaise nouvelle pour moi. J'arrivais à peine à boucler le mois. S'il augmentait mon loyer, cela deviendrait problématique.

— À quelle hausse je dois m'attendre ?

— Je ne suis pas sûr. Je n'ai pas encore tout pris en compte.

Il se rapprocha de moi et mon cœur se mit à battre plus fort.

— Peux-tu te permettre un loyer plus élevé ?

Il réussit à rendre cette question incroyablement sexy.

— Pas vraiment, réussis-je à répondre.

Il frôla ma joue de la main.

— Je n'ai pas envie que tu perdes ta boutique, dit-il en se rapprochant.

Il était désormais presque tout contre moi.

— On est deux.

Il sourit. Je crus que mes genoux allaient me lâcher. Il se pressa plus près et frôla mes lèvres des siennes. Il sentait merveilleusement bon. Je me penchai vers lui et c'est alors qu'il m'embrassa pour de vrai. Il enfonça la langue dans ma bouche. Il m'empoigna les fesses des deux mains et m'attira brutalement contre lui. Même tout habillé, je sentais combien son corps était ferme et musclé. Le baiser s'acheva bien trop vite et me coupa le souffle.

— Peut-être, dit-il de sa voix grave et sexy lorsqu'il s'écarta, qu'on peut s'arranger. Est-ce que ça te plairait ?

— Absolument.

— Parfait.

Il sourit et recula.

— J'ai vraiment hâte de te revoir.

En rentrant à la maison dans ma vieille Mustang – la même voiture que j'avais à l'université – je ne pus que regretter de ne pas l'avoir invité. L'excitation persistante de ce baiser ne suffisait pas tout à fait à compenser le sentiment de solitude qui me prit lorsque je montai dans mon appartement. Au moins, je n'avais que quelques heures à tuer avant d'aller au lit.

Je me servis un verre de vin et allumai la musique. Un puzzle à demi terminé était étalé sur la table de la salle à manger. Je m'assis pour y travailler. Je passais beaucoup de mes soirées à faire des casse-têtes, mots croisés, Sudoku, tout ce qui m'aidait à passer le temps.

La chatte de Jonathan, Geisha, entra dans la pièce. Je la considérais toujours comme sa chatte, bien que cela fasse presque dix ans qu'il ne s'était pas occupé d'elle. Elle avait de longs poils argentés et des yeux verts. C'était lui qui l'avait abandonnée, mais elle ne m'avait jamais pardonné de ne pas être lui. Elle me dévisagea avec un mépris évident, comme savent le faire les chats, puis disparut par la chatière de la fenêtre.

Je me rappelai notre excitation à Jonathan et moi lorsque nous l'avions ramenée à la maison. Nous avions tant de projets.

Cela faisait si longtemps.

Comment en étais-je arrivé là, à vivre dans le même appartement, travailler au même vidéo club ? J'avais survécu à la révolution du DVD, mais pour quoi ? Je n'aimais pas mon boulot et pourtant je n'imaginais pas faire quoi que ce soit d'autre. Ce n'était qu'une question de temps avant que je sois forcé à fermer. J'aurais dû le faire des années plus tôt. Pourtant je ne savais pas quoi faire d'autre.

Tom m'appela le lendemain de notre dîner pour me dire qu'il avait passé un bon moment et me promettre qu'on se reverrait, sans pour autant préciser quand. Quelques jours s'écoulèrent. Je n'avais pas de nouvelles de lui, mais ça ne m'inquiétait pas. J'étais en fait trop occupé pour m'inquiéter. Je n'avais qu'une seule employée, une fille de vingt-deux ans qui s'appelait Tracy. Ou peut-être Tammy. J'avais du mal à m'en souvenir. Elle était tout le temps défoncée et se douchait presque au patchouli. Elle ne s'était pas montrée pour la quatrième fois d'affilée. Je décidai que je pouvais considérer ça comme une démission.

Le problème, c'était qu'il y avait eu du monde ce jour-là et j'aurais vraiment eu besoin d'aide. L'heure de pointe passa enfin. Le voyou tout maigre à sale caractère était de retour. Il avait rendu *Blade Runner*. Je ne l'avais jamais vu, mais au moins je savais que c'était de la science-fiction. Je surveillai le petit voyou. Il s'arrêta et prit un film. Il se tourna vers moi, secoua un peu la tête puis alla le mettre sur une autre étagère. Les changeait-il de place ? J'avais déjà du mal à trouver quoi que ce soit, je n'avais pas besoin qu'il empire les choses.

J'étais sur le point de faire une remarque lorsque Tom entra. Comme la fois d'avant, il portait un pantalon habillé et une chemise blanc vif, déboutonnée en haut. Il était magnifique.

Il se pencha sur le comptoir et me regarda droit dans les yeux. Je savais que mon sourire était le plus ridicule du monde.

— Salut, dit-il de sa voix fluide et sexy. J'ai beaucoup pensé à toi.

— Ça me fait plaisir.

Il fit le tour de la boutique du regard, vit le petit voyou, puis revint vers moi et murmura :

— Il va rester longtemps ?

Je haussai les épaules.

— Peut-être.

Mais à cet instant, le voyou attrapa un film et l'apporta au comptoir. *Mad Max.* Parfait. En plus je savais où celui-là se rangeait, ce qui me ferait gagner du temps lorsqu'il le rendrait le lendemain. Je pris son argent en y faisant à peine attention, puis il partit.

Tom le suivit jusqu'à la porte et la verrouilla derrière lui. Il se tourna vers moi avec un sourire.

— Enfin seuls !

Mon cœur battit soudain la chamade. J'avais les mains moites et une érection qui menaçait de faire sauter les boutons de mon jean. Sans cesser de sourire, Tom me rejoignit. Il indiqua la porte derrière moi.

— Ça va où ?

— Dans un bureau.

Son sourire s'élargit.

— Parfait !

Il me tira vers la porte et la ferma derrière nous. Puis il se retourna et me poussa doucement contre le mur. Il se pressa contre moi et frôla mon cou de ses lèvres.

— Je suis sérieux, Zach. Je n'ai pas arrêté de penser à toi depuis notre dîner.

Il passa les mains dans mon dos et m'empoigna les fesses.

— Je sais qu'on se connaît à peine, mais j'ai vraiment l'impression qu'il y a quelque chose entre nous.

Quelque chose d'autre que deux verges très érigées ? Je n'allais certainement pas dire le contraire. Il m'embrassa à nouveau dans le cou et pressa son aine contre la mienne.

— On devrait apprendre à mieux se connaître. Qu'est-ce que tu en dis ?

— Ça me plairait bien.

— Et si on dînait ensemble ce soir ?

— Ce serait super.

Il m'empoigna les fesses une dernière fois, puis s'écarta.

— Je viendrai te chercher à dix-huit heures.

Il m'emmena au même restaurant. Il commanda à nouveau une bouteille de vin. Il parla constamment d'actions, de portefeuilles et de retours d'investissements. Ç'aurait été terriblement ennuyeux si sa main n'avait pas lentement remonté le long de ma cuisse.

Après qu'il eut réglé l'addition, il frôla la bosse croissante dans mon pantalon. Il murmura à mon oreille :

— Je peux venir chez toi ?

— Bien sûr, répondis-je, soulagé qu'il ne m'ait pas laissé l'initiative de l'invitation.

Dès que nous atteignîmes la porte de mon appartement, Geisha sortit de la chambre. Elle feula après Tom, puis fila par la chatière.

— Qu'est-ce qu'il a comme problème, ton chat ? demanda Tom.

— Elle déteste les gens.

Mais je n'avais pas l'intention de perdre mon temps à parler de la chatte enragée de mon ex-petit ami. Je passai les bras autour de son cou et l'embrassai. Son corps était fort et dur contre moi, j'avais hâte d'en voir plus. Il me fit reculer contre le mur. Ses baisers étaient agressifs et insistants. Il passa la langue sur mon palais et m'empoigna à nouveau les fesses.

J'avais l'impression de brûler. Ça faisait plus de huit mois que je n'avais pas été avec un autre homme, et même ça n'avait rien été de plus qu'un coup tiré sous l'influence de l'alcool, vite oublié. Ça, c'était complètement différent. Je n'en pouvais plus de désir pour lui. Je glissai les mains sous sa chemise, touchant son torse couvert d'une épaisse toison noire. Je passai les pouces sur ses tétons et l'entendit gémir.

Je défis son pantalon, l'abaissant suffisamment pour qu'il ne me gêne pas et l'agrippai. Il gémit dans ma bouche et se pressa plus fort contre moi. Il me tenait toujours les fesses, passant les doigts contre la fente.

— C'est bon, Zach, bon sang ce que tu m'excites !

Je le caressai longtemps sans qu'il lâche jamais mes fesses. Je cessai de le toucher le temps de défaire mon pantalon et de m'en débarrasser. Mon érection cogna contre la sienne et je le serrai plus fort contre moi, l'embrassai encore, me frottant contre lui. J'adorais la sensation de nos verges entre nous. J'aurais pu continuer toute la nuit comme ça, rien qu'à me frotter contre lui et sentir ses mains sur moi. Je donnais des coups de hanches, en maintenant les siennes contre les miennes.

Il grogna, me prit la main et la ramena sur son sexe. Puis il m'enlaça à nouveau. J'enroulai les doigts autour de nous deux et commençai à nous caresser.

— Comme ça, Zach ! Un peu plus fort !

Il faisait aller et venir ses doigts entre mes fesses, touchant mon anneau.

— Plus fort, bébé ! Plus fort !

Je nous serrai plus fort et accélérai mes va et vient. Il ne m'embrassait plus. Il avait enfoui le visage dans mon cou. Il respirait bruyamment et parlait tout bas :

— Comme ça, Zach. Bon Dieu, c'est bon ! Continue. Continue.

Je sus qu'il était sur le point de jouir lorsque ses mains se refermèrent brutalement sur mes fesses. Le premier jet de sperme m'enduit la main et cela me suffit pour basculer à mon tour.

Il m'embrassa encore, puis alla se nettoyer dans la salle de bain pendant que j'enfilai un pantalon de jogging propre. Puis je le raccompagnai à la porte. Il m'étreignit et m'embrassa.

— À très vite.

Tom et moi devions nous voir trois jours plus tard. Il devait venir me chercher à dix-huit heures, mais passa finalement au vidéo club à seize heures pour annuler.

— Bébé, je suis vraiment désolé. On a une réunion, ça vient d'être décidé, et je ne peux pas la rater.

Le voyou maigrichon à mauvais caractère était de retour et j'aurais préféré que Tom baisse la voix. Le voyou ne nous regardait pas, j'espérais qu'il n'écoutait pas.

— Tu as une réunion à dix-huit heures ? demandai-je tout bas, sans trop y croire.

— J'aurai fini à vingt heures, Zach, répondit-il, l'air vraiment navré. J'adorerais te voir après, si tu veux bien.

Ce serait toujours mieux que rien.

— Ça me va très bien, dis-je en essayant d'avoir l'air dégagé et pas aussi pathétique que je me sentais.

Il partit et je repris mes mots croisés. J'étais déçu mais j'essayais de me dire que ça pourrait être pire. Il voulait quand même me voir. Ça compensait le dîner raté. Plus ou moins. Tout de même, j'appréhendais dix-huit heures, lorsque je fermerais le vidéo club et rentrerais à mon appartement vide.

Mes pensées furent interrompues par une question soudaine posée d'un ton insolent :

— Vous pouvez m'aider à trouver un film ?

On aurait dit un défi.

Lorsque je levai les yeux, le voyou maigrichon me regardait d'un air attentif. Il était bien plus jeune que moi, probablement vingt-cinq ans ou moins. Il faisait environ un mètre soixante-quinze. Il portait des bottes militaires, un tee-shirt qui était passé tellement de fois à la machine que je voyais presque à travers et un jean baggy qui lui tombait sur les hanches. Au moins on ne voyait pas ses fesses.

— Peut-être, répondis-je.

J'aurais bien aimé pouvoir dire simplement oui, mais ça aurait été un mensonge.

— Je ne comprends vraiment pas votre système.

— Ils sont rangés dans l'ordre alphabétique.

Il me fit un sourire en coin qui aurait été mignon s'il n'avait pas été aussi agaçant.

— Vous utilisez quel genre d'alphabet ?

Là il me tenait. Ça faisait longtemps que j'avais abandonné le rangement alphabétique.

— Ils sont regroupés par genre.

J'indiquai les petites étiquettes au-dessus des étagères.

— En théorie, mec, mais en fait c'est vraiment le bordel !

L'agacement me gagnait. Qu'il n'ait sans doute pas tort n'en était pas la moindre des raisons. N'empêche, je n'avais pas vraiment envie que ce petit voyou me donne des leçons de gérance.

— Par exemple ?

— Par exemple ça.

Il indiqua l'étagère près de lui. Elle était étiquetée 'Classiques'.

— *Seize bougies pour Sam*, c'est vraiment pas un classique.

— C'en est un pour les gens de mon âge.

— Non, mec. Y'a pas moyen que ça se trouve à côté d'*Un Tramway nommé désir*. Je me fous que ça vous rappelle votre lointaine jeunesse. Et ça…

Il fit quelques pas et indiqua une autre étagère.

— *True Romance*, c'est pas une histoire d'amour.

— Comment ça ?

— Quentin Tarantino. C'est un film d'action. Vous ne l'avez jamais regardé ?

Je commençais à me sentir mal à l'aise.

— Non. Je n'aime pas les films d'amour.

Il leva les yeux au ciel.

— Ouais.

Il écarta les cheveux devant ses yeux, soupira et dit :

— Je cherche *Le Pont sur la rivière Kwai*. Vous l'avez ?

— Euuuuh… Je crois bien. C'est celui où la nonne fait sauter le pont à tréteaux, c'est ça ?

Il me fit à nouveau son sourire en coin.

— Non, mec. Ça c'est *Sierra Torride*. Shirley MacLaine et Clint Eastwood. Je parle d'Alec Guinness. Voyez, Obi-Wan Kenobi ?

Je hochai la tête, parce que lui au moins je savais qui c'était.

— Je ne me rappelle pas de grand-chose sauf de cette putain de chanson qu'ils sifflent, alors je me suis dit que j'allais le revoir.

— Mais il y a bien un pont, non ?

Ne me demandez pas en quoi ça allait m'aider à trouver le film. J'essayais juste de suivre.

Il secoua la tête.

— Oubliez ça.

Il se retourna et attrapa *Shining* sur l'étagère à côté de lui, se rapprocha et le jeta sur le comptoir devant moi. Il faisait quelques centimètres de moins que moi. Il me contempla au travers de ses mèches trop longues.

— Vous regardez jamais ces films ?

— Euh, je préfère les films à gros budgets.

J'essayai de ne pas avoir l'air trop sur la défense.

— Mais c'est pas vraiment ce qu'il vous faut, si ? Tous les vidéo clubs ont ce type de films. Il vous faut ceux pour lesquels ils n'ont pas de place. Des films cultes.

— Des films cultes ?

— Ouais.

— Comme *The Breakfast Club* ?

13

Il cligna des yeux. Une fois. Deux fois. Puis :

— Vous deviez être un bon petit bourge au lycée, non ? demanda-t-il méchamment.

— Qu'est-ce ça veut dire, ça ?

Il leva à nouveau les yeux au ciel.

— Laissez tomber.

The Breakfast Club n'était pas un film culte ? J'avais beau avoir déjà entendu le terme, je ne savais pas vraiment ce que cela signifiait.

— De quel genre de film parlez-vous ? demandai-je en faisant un effort pour avoir l'air sincère. Je voudrais vraiment le savoir.

Il me dévisagea un instant, je voyais bien qu'il essayait de juger s'il devait me prendre au sérieux. Enfin, il écarta à nouveau les mèches devant son visage et dit :

— *The Toxic Avenger.* Vous l'avez ?

— Je crois. Peut-être. Je ne sais pas.

— *Ed Wood ?*

— Ed qui ?

— *Ed Wood*, avec Johnny Depp.

— C'est celui où il coupe des cheveux ?

— Vous parlez d'*Edward aux Mains d'argent* ou de *Sweeney Todd* ?

— Je croyais qu'on parlait de Johnny Depp.

Il leva les yeux au ciel.

— Et *Le Cuisinier, le voleur, sa femme et son amant* ?

— C'est un seul film ou quatre ?

— Et *Re-Animator* ? Ou *Fatal Games* ? *Les Guerriers de la nuit* ?

— *Fatal Games* ! lançai-je d'un ton triomphant. Je crois que celui-là je l'ai quelque part.

— Dis donc, Ram, je croyais que c'était interdit aux pédés, la cantine !

— *Quoi* ?

— Il faut répondre : 'Possible, mais j'ai l'impression que c'est opération portes ouvertes pour les trous du cul, en tout cas'.

J'en restai stupéfait, essayant de déterminer s'il me traitait de pédé, de trou du cul ou des deux, et il leva à nouveau les yeux au ciel.

— C'est une réplique de *Fatal Games*, mec. Laissez tomber. J'aurais dû savoir que vous pigeriez pas.

J'avais l'impression qu'on ne parlait même pas la même langue. Mon trouble devait être évident car il soupira et chercha son portefeuille dans sa poche.

— Vous devriez regarder quelques-uns de vos films, vous savez. Comment vous arrivez à gérer un vidéo club, sinon ?

C'était exactement ce que je pensais. Et Tracy avait démissionné. Je tentai ma chance.

— Euh, vous cherchez un travail?

— J'en ai un.

— Oh.

Je ne savais pas pourquoi j'avais cru qu'il était au chômage.

— D'accord.

— Ouais.

— Ouais, quoi ?

— Je veux un boulot.

— Vous venez de dire que vous en avez déjà un.

— Ouais, j'en ai deux. Mais si vous engagez, je lâche l'un des deux. C'est pas comme s'ils étaient michto d'façon.

Je ne voyais pas ce qu'il voulait dire, mais je n'allais pas poser de question.

— Vous pourriez ranger tous ces films ?

— Facile.

— Quand pourriez-vous commencer ?

Il me sourit.

— Tout de suite.

— Comment vous appelez-vous ?

Son sourire disparut.

— Sérieux, ça fait presque trois semaines que je loue un film quasi tous les soirs, et vous savez toujours pas mon nom ?

Il avait raison. J'étais nul à ce genre de choses. Il secoua la tête avant que j'aie le temps de répondre.

— C'est Angelo. Angelo Green.

VINGT HEURES arriva sans un signe de Tom. En fait, vingt-et-une heures venaient de sonner lorsqu'il sonna à ma porte.

— Tu es en retard.

J'essayai de le dire avec nonchalance, sans avoir l'air de l'accuser. Peut-être y avais-je réussi.

— Je suis vraiment désolé, bébé.

15

Il m'appuya contre le mur et m'embrassa. Sa langue caressa mon palais et il pressa contre moi sa verge, déjà en érection.

J'avais envie d'être en colère, mais ça ne marchait pas. Il était trop beau, il m'empoignait les fesses, il se frottait contre moi et bon Dieu, j'avais tellement envie de lui !

— J'ai du vin, réussis-je à souffler.

— Plus tard ?

Sa bouche était rude contre la mienne, il gémit.

— Zach, s'il te plaît, laisse-moi te baiser ce soir. J'ai tellement envie de toi, je sais que tu en as envie aussi.

Il avait raison. L'entendre suffisait à me rendre tellement dur que c'en était presque douloureux.

— D'accord.

Sur le chemin de la chambre, nous échangeâmes des baisers, des caresses, semant nos vêtements.

Je sortis un préservatif et du lubrifiant du tiroir et les lui tendit. Il me retourna et me poussa sur le lit, puis attrapa mes hanches et me tira vers lui. Une seconde plus tard, je sentis ses doigts glissants s'enfoncer en moi. Je gémis et m'appuyai contre lui.

— Ça te plaît ? me demanda-t-il tandis que ses doigts allaient et venaient en moi, touchant ce point de désir qui déclenchait des vagues de plaisir dans tout mon corps.

— Oui !

— Tu es si étroit, bébé ! Ça fait combien de temps ?

Il continuait à bouger les doigts en moi, alors la réponse n'était pas facile à formuler.

— Trop longtemps, dis-je en me pressant plus fort contre lui.

— C'est ça, bébé ! Dis-moi combien tu aimes ça !

— J'aime ça, hoquetai-je.

— J'ai trop hâte de te baiser, Zach.

Ses doigts disparurent et je sentis alors son sexe me pénétrer.

— Je ne peux plus attendre !

Il s'enfonça brusquement et je me mordis la lèvre pour m'empêcher de crier.

— Bon Dieu, bébé, c'est encore meilleur que ce que j'espérais ! Si étroit, putain, ce que t'es bon !

J'étais un peu énervé parce que je sentais qu'il n'avait pas mis le préservatif. Pourquoi croyait-il que je le lui avais tendu ? Ça me semblait assez clair, comme requête. Mais bon, c'était trop tard maintenant. J'essayai de me détendre et me relâcher autour de lui. Il donnait déjà des coups de hanche, parlant constamment, un débit de paroles infini et sans aucun sens.

— Tellement bon, putain, tellement étroit ! C'est ça, bébé, c'est ça !

Je n'avais jamais été du genre à parler beaucoup pendant le sexe, mais je n'allais sûrement pas lui demander de se taire.

Il accélérait déjà et je sentais qu'il ne durerait plus longtemps. Je m'agrippai à la tête de lit d'une main et me masturbai de l'autre. Il me donnait de grands coups brutaux alors je savais que j'aurais mal au matin. Il me tenait fort les hanches.

— Si près, si près !

Puis il jouit d'un coup de rein brusque. Je n'avais pas fini. Il ne prit pas le relai pour moi. Il resta là, toujours en moi, étreignant mes hanches jusqu'à ce que je termine, puis il s'effondra à mes côtés sur le lit.

— Tu es fantastique, Zach.

Je regrettais vraiment de ne pas pouvoir en dire autant. Mais bon, n'importe quel type de relation sexuelle valait mieux que pas du tout.

— Pourquoi as-tu dû travailler si tard ? demandai-je.

— La réunion s'est prolongée. Tu sais comment c'est : tout le monde parle, personne n'écoute.

En fait je ne savais pas du tout mais je ne répondis pas.

— C'est ennuyeux.

— Je suis content que tu aies pu venir.

— Moi aussi. Tu m'as manqué.

Il se retourna pour m'embrasser, puis se leva et commença à s'habiller.

— Je prendrais bien ce verre de vin, maintenant.

J'enfilai un pantalon de jogging et un tee-shirt, puis versai le vin. Il me suivit dans le salon. J'allumai la musique et me retournai. Il me contemplait depuis l'autre côté de la pièce. Nous étions là, à nous regarder bêtement. C'était ridicule. Il venait de me baiser, et pourtant je ne savais pas quoi lui dire.

Il fit le tour de la salle à manger du regard et vit le puzzle sur la table. Il alla y jeter un coup d'œil. Je le suivis.

— Tu aimes les puzzles ? lui demandai-je.

Il me sourit.

— Tu parles.

Je m'assis sur l'une des chaises et il s'assit à côté de moi.

— Celui-ci est plus dur que prévu, dis-je en cherchant une pièce en particulier qui m'échappait. Il y a une telle diversité de gris.

Il émit un son désintéressé. Je continuai à chercher ma pièce. Il s'agita un peu, prenant des pièces au hasard et essayant de trouver leur place. Au bout de quelques minutes, il se leva et s'aventura dans le salon. Ma musique s'arrêta soudain, il alluma la radio et tourna les boutons. Il mit beaucoup de temps à trouver une fréquence et le bavardage constamment interrompu de la radio, ponctué de grésillements angoissés m'agaça plus que de raison. Qu'est-ce qui n'allait pas avec ma musique ? Si elle ne lui plaisait pas, il aurait dû dire quelque chose.

Il finit par trouver une station qui lui plaisait et revint dans la salle à manger. Il ne s'assit pas, pourtant. Il posa son verre de vin vide sur la table et dit :

— Il faut que j'y aille. Je dois être au bureau tôt.

— D'accord, répondis-je en essayant de cacher ma déception.

Je le raccompagnai à la porte et lui donnai un baiser d'au revoir.

Je bus mon vin seul.

ANGELO COMMENÇA à travailler à De A à Z le lendemain matin. Je m'attendais presque à ne pas le voir, mais il fut parfaitement à l'heure.

— Où t'es-tu garé ? lui demandai-je lorsqu'il passa la porte. Il ne vaut mieux pas se mettre sous le balcon de Sensei. Un de ses élèves vomit de là-haut au moins deux fois par an.

Il prit l'air amusé mais secoua la tête.

— J'ai pas de bagnole.

— Tu ne conduis pas ? demandai-je avec surprise.

— Si, mais j'ai pas de bagnole, répéta-t-il comme si la distinction était importante. J'en ai pas besoin. Je crèche à deux pâtés de maison. Mon autre job est quatre pâtés plus loin. Le supermarché est entre les deux.

Il haussa les épaules.

— C'est plus facile à pied.

— Mais, et en hiver ? demandai-je.

Il me décocha ce sourire en coin mignon mais agaçant.

— Comme j'ai dit, plus facile à pied.

La porte s'ouvrit et Ruby entra. Angelo n'était qu'à quelques pas d'elle et elle fonça sur lui, les bras écartés comme si elle allait l'étreindre. Sa réaction fut complètement inattendue. Il détala presque. Il recula si vite qu'il trébucha sur ses propres chaussures et se cogna contre l'étagère derrière lui. Je crus un instant que tout allait s'effondrer. Elle resta debout, mais au moins une douzaine de films tombèrent par terre. Coincé contre l'étagère sans possibilité de reculer plus, Angelo resta figé comme le lapin proverbial dans les phares d'une voiture tandis que Ruby lui agrippait les épaules. Il avait l'air terrifié. J'avais beaucoup de mal à ne pas rire.

— Tu es entouré d'énergie positive, lui dit-elle carrément. J'ai senti ta lumière à travers le mur. Tu apportes la vie.

Il la regarda avec une stupéfaction muette. Elle lui tapota la joue de sa main ridée puis tourna les talons.

Il me regarda avec des yeux écarquillés et me demanda, le souffle coupé :

— C'était qui celle-là ?

— La voisine. La librairie lui appartient.

— Elle est cinglée ?

Il n'y avait même pas une pointe d'humour dans sa voix.

— C'est une nette possibilité, répondis-je en souriant.

Il ne me rendit pas mon sourire.

Qui aurait cru que le voyou au sale caractère avait peur des petites vieilles dames ? C'était trop drôle ! Il lui fallut quelques minutes pour s'en remettre. Il se redressa, prit quelques inspirations puis secoua la tête en ramassant les films tombés de l'étagère.

— Des mômes qui vomissent, une médium et de la marie-jeanne. T'es entouré de bargeots, Zach.

Comme si je ne le savais pas déjà.

… Angelo

JE NE sais pas trop comment je me suis retrouvé à bosser à ce vidéo club, mais je ne vais pas me plaindre. C'est marrant, quand même, que ça arrive maintenant, quand j'ai enfin lâché l'idée d'attirer l'attention de ce type.

Zach. C'est son nom, Zach.

Je le trouve intéressant pour plusieurs raisons. Déjà, il y a le vidéo club, De A à Z. Bizarrement, il n'a pas fait faillite alors que toutes les autres boutiques indépendantes ont coulé il y a des années. Je ne sais pas si c'est un génie de la finance ou s'il a juste le cul bordé de nouilles. Le plus surprenant c'est qu'il ait maintenu son truc à flot alors qu'il connaît que dalle aux films. Sérieusement, ce type ne sait pas faire la différence entre *La Légende de Billie Jean* et *Légendes d'automne*. C'est à hurler de rire.

Ensuite, il y a le simple fait qu'il est super mignon. Quand même, ce n'est pas le genre de mecs qui m'attire en général. Il peut être tellement bourge des fois que ça me surprend presque qu'il n'ait pas un polo sur les épaules. Il n'y a jamais de trou dans son jean. Il n'a pas un cheveu qui dépasse. Il y a toujours des petits chevaux brodés sur ses chemises. Et il porte des mocassins. Sérieux, je n'avais encore jamais croisé un type qui portait des mocassins. Ça lui va, faut dire.

Zach a les cheveux bruns et d'épais cils noirs, les yeux les plus bleus que j'aie jamais vus. S'il avait dix ans de moins, je l'aurais traité de twink. Je ne sais pas trop comment l'appeler du coup parce que je suis sûr que ce terme ne s'applique pas aux plus de trente ans. N'empêche, il est joli à regarder. Bien foutu, aussi, pour son âge. Pas une montagne, comme s'il perdait son temps à faire de la muscu, mais il doit faire quelque chose parce qu'il n'a pas la bouée au bide de beaucoup de types de son âge.

Mais plus que le fait qu'il soit mignon, c'est qu'il n'a pas l'air de s'en rendre compte. Il ne capte jamais quand on flirte avec lui. J'en ai vu plusieurs essayer. J'ai essayé aussi. Il n'a jamais pigé. D'abord, j'ai cru que je m'étais planté et qu'il était hétéro. Après, qu'il était peut-être maqué. Mais le jour où j'ai vu ce grand culturiste l'inviter à dîner, j'ai compris : Zach est juste complètement à l'ouest. Il est tellement sûr de pas être intéressant, l'idée qu'on pense le contraire ne lui passe même pas par la tête. C'est juste trop sexy, non ?

De toute façon, c'est trop tard maintenant. Ce connard à biceps, Tom, est arrivé le premier. Il a réussi là où on s'est tous pris un râteau parce qu'il ne s'est pas fait suer avec de la subtilité. Bien sûr, maintenant que je bosse avec Zach, il est de toute façon hors-jeu. Les relations, c'est pas pour moi. Maintenant, si on couchait ensemble, faudrait que je lâche ce job et que je trouve un autre vidéo club, ça me soûlerait.

Bosser pour Zach, c'est facile. Enfin quoi, j'ai vu faire cette bille de Tracy avant qu'elle arrête de se pointer. Elle passait son temps défoncée, le cul sur sa chaise, pourtant Zach la payait. Je ne vais pas profiter de lui comme ça. Je vais ranger le vidéo club, et pour être franc, c'est marrant. Zach a toutes sortes de trucs bizarres, des vieux films et des nanars que j'ai encore jamais vus. Et maintenant, il me laisse les louer gratos.

Je suis content qu'il n'ait jamais réalisé que je le draguais, sinon je ne bosserais pas pour lui aujourd'hui.

Zach…

J'AVAIS RENDEZ-VOUS avec Tom la semaine suivante. Il devait passer me chercher à dix-huit heures. Quand il ne se montra pas, je pensai à l'appeler, puis réalisai qu'il ne m'avait jamais donné son numéro. Ça semblait ridicule que je n'aie jamais pensé à le lui demander. Même s'il n'avait rien été d'autre que mon propriétaire, il aurait au moins dû me laisser une carte de visite. J'attendis dix-neuf heures avant de renoncer et de rentrer à la maison.

Deux jours plus tard, il débarqua au vidéo club au moment où Angelo et moi fermions.

— Salut, bébé, lança-t-il comme si rien ne s'était passé.

— Tu as deux jours de retard, l'accusai-je.

— Bébé, je suis tell…

— Je ne m'appelle pas 'bébé', cinglai-je. C'est Zach.

Angelo, qui venait de retourner le signe 'Fermé', eut un sourire à ces mots.

Celui de Tom vacilla un instant.

— Zach, je suis désolé. Vraiment.

Derrière lui, Angelo me fit au revoir de la main et partit. Tom passa un bras autour de ma taille et me rapprocha de lui.

— Vraiment, Zach, je suis désolé. Il y a eu une réunion, je n'ai pas pu m'en échapper et mon téléphone n'avait plus de batterie. Je sais que j'aurais dû t'appeler hier, mais j'ai été tellement occupé !

Il m'agrippa les fesses et pressa les lèvres contre ma gorge.

— Je vais me faire pardonner, Zach. Je t'emmène au restaurant ce soir.

Je sentais sa verge à demi-érigée contre ma hanche. Il me regarda droit dans les yeux.

— Je ne supporte pas que tu sois fâché contre moi, Zach. Dis-moi que tu me pardonne.

Quelque part j'avais envie de rester fâché, mais ce côté de moi perdait clairement la bataille.

Il m'embrassa, lentement, profondément, et c'était fantastique. Il m'attirait tellement. Je ne pouvais pas m'empêcher de le désirer.

Il rompit notre baiser et me regarda à nouveau dans les yeux.

— Dis quelque chose, Zach.

— Je te pardonne, lui répondis-je avec un sourire. Cette fois.

Il me rendit mon sourire, avec son sourire à lui, incroyablement sexy, qui me coupait les jambes.

— Parfait.

Nous dînâmes puis rentrâmes à mon appartement. Nous ne perdîmes pas de temps à parler. Je déboutonnai sa chemise et la lui retirai. Son torse était couvert de poils épais et bruns. Juste sous sa clavicule droite se trouvait une marque ronde, de la taille d'une pièce. J'aurais pu croire qu'il s'agissait d'une tache de naissance, sauf que je ne l'avais encore jamais vue. C'était un suçon.

— Qui te l'a fait ? demandai-je malicieusement.

— Forcément toi, bébé, dit-il en défaisant mon pantalon.

Apparemment je m'appelais à nouveau 'bébé'.

— Je crois que je m'en souviendrais ! ris-je.

— Je n'ai couché avec personne d'autre.

Qu'il voie clairement quelqu'un d'autre ne me gênait pas tant que son mensonge. À ce stade de notre relation, on ne pouvait s'attendre à être monogames. Moi aussi j'aurai couché avec quelqu'un d'autre, si l'occasion s'était présentée. Du coup, je ne pouvais m'empêcher de me demander si c'était là la véritable raison du lapin qu'il m'avait posé deux jours plus tôt. Son manque de franchise me gênait.

Cette fois, j'insistai pour qu'il porte un préservatif.

— On l'a déjà fait sans, Zach. C'est trop tard, maintenant.

Je réprimai mon irritation.

— Je veux que tu l'utilises quand même.

— Allez, bébé, râla-t-il. Tu sais combien c'est meilleur sans !

— Ça me gêne pas d'en porter un, si tu veux passer en-dessous.

Quelque chose traversa son visage, de la peur ou de l'écœurement, c'était difficile à dire tellement ce fut rapide. Il secoua la tête et me prit le préservatif.

— Comme tu veux, bébé.

Ce fut un peu mieux que la première fois. Au moins il tint plus d'une minute. Mais enfin, je ne vis pas d'étincelles.

Nous restâmes ensuite côte à côte sur le lit, à regarder le plafond.

— On peut se voir cette semaine ? demandai-je.

— Je vais peut-être pouvoir passer demain soir.

Ce n'était pas du tout ce que je voulais dire.

— Je pensais plus à dîner ensemble.

— Ça m'étonnerait, Zach. On est très occupés en ce moment.

Il dût sentir ma déception, car il se tourna vers moi et m'embrassa.

— Tu as raison. On ne se voit pas assez. La première chose que je fais demain c'est regarder mon emploi du temps, et je t'appelle, d'accord ?

— Oui.

Je n'étais pas sûr de pouvoir le croire.

— ET *CASABLANCA* ?

C'était le début de la troisième semaine d'Angelo. Il m'interrogeait sur les films que j'avais vus. Jusqu'ici, j'en étais à un sur quatre-vingt.

— Non.

— Il est plutôt cool, celui-là. Il y a plein d'expressions populaires qui en sont tirées. 'Je sens, très cher, que c'est le début d'une belle amitié' ou 'De tous les bars de toutes les villes du monde'. Et 'Rejoue-la nous, Sam', sauf que personne dans le film dit ça très exactement.

Je consultais une liste qu'Angelo créait pour moi. À ma grande surprise, il s'était révélé le meilleur employé que j'avais jamais engagé. C'était un meilleur employé que moi ! Il travaillait toujours à réorganiser tous les films, faisant l'inventaire – son idée à lui – au passage. Et il le faisait avec enthousiasme. Il n'arrêtait pas de trouver des films qui l'excitaient comme un gamin à Noël. La plupart du temps, je n'en avais jamais entendu parler. Plus surprenant encore que son travail sérieux, c'était qu'il soit de très bonne compagnie. Nous nous entendions très bien. Nous n'avions pas l'air d'avoir grand-chose en commun, et pourtant cela marchait. Je ne lui avais pas encore dit que j'étais gay. C'était la seule chose qui m'inquiétait un peu.

— Et *Oliver !* ?

— Le Disney avec les chiens ?

Il éclata de rire.

— Non, mais les deux sont basés sur le même bouquin, c'est vrai. C'est une comédie musicale qui a gagné l'Oscar du meilleur film en 64.

— Ce n'est pas mon truc, les comédies musicales.

— Alors j'imagine que tu n'as jamais vu *La Mélodie du bonheur* ?

— Oh que non !

— Ouais, d'accord, il y a beaucoup de gens que ça ne branche pas. Et les westerns ? Tu aimes Clint Eastwood ? Tu regardes ses vieux films, non ? Je sais que tu as au moins vu un bout de *Sierra Torride*.

— C'est celui avec le pont à tréteaux ?

— Ouais.

— C'est tout ce dont je me souviens.

— Et *Le Bon, la brute et le truand* ?

— C'est celui où il demande : 'tu tentes ta chance ?'

— Non, ça c'est *L'Inspecteur Harry*.

— Je ne crois pas avoir vu ni l'un ni l'autre, en fait.

Il siffla.

— Tu rates un truc, mec. Clint était vachement bandant, à l'époque, tu sais ? Pas l'inspecteur Harry, pas trop. Mais Blondin, carrément. Je crois que c'était surtout dans l'attitude.

Je me figeai et le regardai. Il me tournait le dos, des boîtes de DVD pratiquement jusqu'aux genoux.

— Qu'est-ce que tu viens de dire ?

— J'ai dit que Blondin était bandant. Super bandant. Sérieusement baisable. Bien sûr, c'est lui qui baiserait. Blondin ne se laisserait jamais prendre par personne.

Stupéfait, je restai là et il finit par se retourner vers moi. Je devais le dévisager comme s'il lui était poussé une seconde tête car il lâcha le DVD qu'il tenait.

— Quoi ?

— Tu es gay ?

— Ouais, répondit-il avec un amusement évident. Tu ne le savais pas ?

— Comment j'aurais pu ?

Il secoua la tête.

— Putain, tu es incroyable, Zach !

Il reprit sa tâche, riant comme si j'avais dit quelque chose de très drôle.

— Tu m'éclates !

Je n'eus pas le courage de lui demander ce que j'avais fait qui était si drôle. Ceci dit, ça n'avait pas d'importance. Il recommença à parler de films.

— Et *Un Tramway nommé désir* ? Brando était sexy aussi, à l'époque. D'accord, c'est un connard de violeur. Son personnage, hein. Pas lui. Et Blanche était vraiment une salope. Je parie que la seule chose dont tu te souviens, c'est de l'entendre crier : 'Stella !'

C'était presque l'heure de fermer et j'étais surpris de ma déception. J'aimais bien discuter avec lui. Rentrer dans mon appartement vide n'avait rien d'attirant.

— Que fais-tu ce soir ? lui demandai-je avant d'avoir eu le temps de réfléchir.

Surpris, il leva les yeux vers moi.

— Je bosse cette nuit, mais avant ça je n'ai rien de prévu.

Il travaillait à la station-service du bout de la rue, de vingt-trois heures à cinq heures du matin, en semaine. Puis chez moi de onze heures jusqu'à la fermeture, dix-huit heures en semaine et vingt heures le samedi. Je serais devenu cinglé si j'avais travaillé autant, mais ça n'avait pas l'air de le déranger.

— Ça te dit qu'on passe un peu de temps ensemble ?

— Tu essayes de me foutre dans ton lit maintenant que tu sais que je suis homo ? demanda-t-il d'un ton insolent.

— Non !

— Ouais.

— Ouais quoi ?

— Ouais, je veux bien qu'on passe du temps ensemble.

Il me sourit.

— Ton copain sera là ?

Je retins l'envie de dire que Tom n'était pas mon petit ami. Ça impliquait quelque part que je sache autre chose sur lui que son amour pour les obscénités au lit.

— Non.

— Pourquoi ?

— C'est important ?

J'avais l'air amer et contrarié, mais il ne fit que me sourire.

— Non. Qu'est-ce qu'on va faire ?

C'était une bonne question. Je n'en avais aucune idée. Je fis le tour de la pièce du regard.

— Regarder un film ?

Son sourire s'élargit encore plus.

— Seulement si c'est moi qui choisis.

— Ça marche.

C'est alors qu'un de mes habitués entra. Celui que j'appelais Eddie dans ma tête, parce qu'il portait toujours des tee-shirts Iron Maiden.

Angelo alla immédiatement au comptoir pour l'aider.

— Salut, Justin. Je l'ai là.

Il sortit un film de sous le comptoir.

— Je savais que tu viendrais ce soir.

Eddie, dont le vrai nom était apparemment Justin, sourit. Je n'avais jamais vu ses dents jusqu'ici.

— Merci, mec.

Après son départ, je me tournai vers Angelo.

— Comment tu savais ce qu'il allait louer ?

Il secoua la tête.

— Il prend le même film à chaque fois, Zach. *Heavy Metal.* Tu n'as jamais remarqué ?

Je secouai la tête.

— Faut que tu fasses plus attention à tes habitués, mec.

— S'il loue toujours le même film, pourquoi il passait autant de temps ici ? demandai-je en essayant de ne pas avoir l'air sur la défensive.

Angelo me fit un sourire narquois.

— Parce qu'il le retrouvait jamais. Il croyait que tu le déplaçais pour te foutre de sa gueule. Je lui ai dit que tu étais juste à côté de la plaque.

Ce qui expliquait pourquoi Justin avait toujours l'air furieux, mais je n'étais pas certain qu'être vu comme un abruti soit beaucoup mieux.

Je m'arrêtai en chemin prendre des sushi pour moi et du poulet teriyaki pour Angelo – le regard qu'il m'avait lancé quand j'avais parlé de poisson cru n'avait pas été très enthousiaste – ainsi qu'une bouteille de saké.

Nous nous sommes installés par terre autour de la table basse. Il lança le film. C'était *Seven*, avec Brad Pitt. Au moins c'était en couleur, et il y avait Brad Pitt.

— C'était sérieusement perturbant, dis-je à la fin.

Il rit.

— Kevin Spacey est grandiose en méchant, non ?

Je divisai ce qu'il restait de saké entre nos tasses, avant de me souvenir qu'il avait encore du travail après.

— Tu ne vas pas avoir d'ennui si tu as bu avant de commencer ?

Il haussa les épaules.

— Tant que je ne suis pas complètement bourré, personne ne le saura, de toute façon. Il n'y a personne d'autre que les clients et moi, et eux, ils ne se rendent compte de rien.

— Ça ne te dérange pas, de travailler autant ?

— Qu'est-ce que je ferais d'autre ? demanda-t-il d'un ton léger.

— Tu as de la famille dans le coin ?

Il hésita un instant, puis répondit :

— Non, pas de famille.

— Pas de famille dans les environs, tu veux dire.

27

— Non, dit-il avec une pointe d'agacement dans la voix. Je veux dire que je n'ai pas de famille du tout.

— Comment c'est possible ? Tu es un orphelin, ou un truc du genre ?

— Ou un truc du genre.

Il continuait à regarder l'écran alors que c'était le générique de fin, mais quand il se rendit compte que j'attendais toujours, il soupira.

— Ma mère était indienne. Pas, genre, d'Inde, indienne d'Amérique. Elle a épousé mon père au Nouveau Mexique. Elle m'a dit qu'il était italien.

— Et son nom de famille était Green ? demandai-je, sceptique.

Il me fit son sourire en coin.

— Apparemment. Pas que je l'aie jamais rencontré. Tout ce que je sais, c'est qu'ils ont déménagé à Denver avant ma naissance. Et puis un an après, mon père s'est tiré. Quand j'ai eu six ou sept ans, ma mère m'a laissé avec le voisin, et elle s'est tirée aussi. Après ça, ça a été les familles d'accueil, jusqu'à ce que j'aie seize ans et que je lâche l'école pour me débrouiller tout seul.

Il me jeta un coup d'œil, j'essayais de ne pas avoir l'air trop horrifié.

— Ce n'est pas grave, alors ne me fait pas la morale, d'accord ?

— Mais non.

Mais je dus détourner la tête au cas où mon expression me trahirait. Ma famille avait toujours été du genre famille parfaite. Mon homosexualité était la pire chose qui leur soit jamais arrivé, et même ça n'avait pas trop créé de vague. Je n'imaginais pas avoir grandi sans leur indéfectible soutien.

Il regarda la tasse de saké qu'il tenait.

— Faut que j'y aille.

— Hé, Angelo ? dis-je tandis qu'il se dirigeait vers la porte.

Il s'arrêta.

— Quoi ?

— Ça te dit qu'on remette ça, un de ces jours ?

— Tu crois que je n'ai rien d'autre faire ?

Il avait à nouveau un ton insolent. Je ne savais pas si je devais me sentir offensé ou non.

— C'était juste une suggestion, répondis-je, en essayant encore de ne pas être trop sur la défensive. Ce n'est pas grave.

— Ouais.

— Ouais quoi ?

— Ouais, je veux bien qu'on remette ça.

Je me demandai si je m'habituerais jamais à ces échanges alambiqués.

— À demain, Zach.

... Angelo

JE N'ARRIVE pas à croire que Zach ignorait que je suis homo. Quand je pense à toutes les fois où je l'ai dragué pour attirer son attention ! Il a dû croire que j'étais super amical. Tu parles d'être à l'ouest. Ça me fait marrer.

Ça m'a surpris qu'il m'invite chez lui. Mais c'est cool. Il veut vraiment passer du temps avec moi, pas juste tirer un coup. Je ne me rappelle même pas la dernière fois que c'est arrivé. Quand même, je ne sais pas pourquoi je lui ai parlé de mes parents. Ce n'est pas quelque chose que je raconte en général. Je déteste l'expression des gens, comme celle qu'a eue Zach, moitié horreur, moitié pitié. C'est très vite gonflant. Au moins Zach a fait de son mieux pour ne pas me le montrer.

Deux jours plus après, il m'a encore invité, et on a encore passé la soirée assis par terre dans son salon à regarder un film en mangeant thaïlandais. Quand je suis parti, je n'ai pas pu m'empêcher d'espérer qu'il me réinviterait. C'est grave plus sympa que d'être tout seul chez moi.

Bosser à De A à Z, c'est bizarre. Déjà, il y a les voisins, Ruby la folle d'un côté et Jeremy de l'autre. La première semaine, Ruby m'a dit qu'elle avait eu une vision où j'essayai d'étrangler un poulet. J'ai résisté à l'envie de faire une blague de cul. Me suis dit que ça ne l'aurait pas fait marrer. Jeremy veut que je m'inscrive au parti libertarien. Il dit que les Républicrates sont les larbins de l'empire corporatif. Va savoir ce que ça veut dire. Nero Sensei essaie toujours de me vendre des compléments alimentaires et ses élèves passent leur temps à faire le tour du parking en pyjama, à donner des coups de pied aux arbres en criant comme des malades. Et puis il y a les clients. Le type en tee-shirt hawaiien était avocat avant. Maintenant il est barman. En tout cas, il passe souvent chez Jeremy et il adore les films qui font pleurer. Au début ; il était embarrassé mais qu'est-ce que ça peut me faire à moi, si ce type aime les histoires fleurs bleues ? Justin ne loue que *Heavy Metal*. Il n'est pas terrible pourtant, ce film, je me demande vraiment pourquoi il ne se contente pas de simplement acheter une copie. Et puis il y a Carrie, la fille avec un piercing à la lèvre. On pourrait croire que c'est une dingue de vampires. En fait, elle joue du violoncelle et chante à la chorale de l'église. Elle adore les comédies musicales.

Je ne me suis jamais autant marré sans un travail qu'avec Zach. J'ai hâte de le voir tous les jours. Je suis surpris qu'on s'entende aussi bien. Mais je suis triste pour lui, de le voir attendre ce connard de Tom. C'est clair comme de l'eau de roche que Zach veut une vraie relation. C'est tout aussi évident que ça n'intéresse pas du tout Tom. Zach compte toujours les heures avant de le voir. Lui, il annule la moitié du temps et se pointe à la bourre l'autre moitié.

Mais enfin, je n'ai pas de pierre à jeter. Comme je disais, les relations ce n'est pas mon truc. N'empêche que ma technique n'est pas aussi méprisable. J'aurais fait passer un bon moment à Zach et puis on ne se serait jamais revus. Je n'aurais pas fait semblant de sortir avec lui pour le rouler dans la farine comme Tom. C'est sa malhonnêteté qui m'écœure. Mais je ne dois pas oublier que ce ne sont pas mes affaires.

Quelques semaines plus tard, Zach appelle et me demande d'ouvrir sans lui. Qu'il court mais qu'il sera à la bourre. Ce n'est pas juste une expression, il court vraiment tous les matins. Parfois deux kilomètres, parfois plus. Je ne pige pas. Courir, ça ne m'éclate pas vraiment. Mais ça explique pourquoi il est si bien foutu. Bref, il est à la bourre et veut quand même se doucher avant de venir. Je lui ai dit de prendre son temps. On est mercredi matin : pas de raison d'être deux.

C'est pour ça que je suis tout seul dans le vidéo club quand Tom se pointe.

Je dois être franc. Il me fait flipper. Je ne saurais pas l'expliquer. Peut-être parce que ce sont des grands costauds comme lui qu'ont pourri mon adolescence. Peut-être parce que c'est un mec comme lui qui a essayé de me violer il y a quatre ans. Il me mettait mal à l'aise comme Tom. J'étais content qu'il ne me remarque pas. Jusqu'à aujourd'hui.

Il fait le tour de la boutique du regard, cherchant clairement Zach, mais c'est moi qu'il voit. Là, son regard change. Je ne peux pas l'expliquer autrement. Ça m'a fait froid dans le dos.

— Salut, dit-il.

Il me rejoint dans le coin où je réorganise les films sur l'étagère.

— Zach est là ?

— Non.

Je ne le regarde pas. Je continue à faire mon boulot.

— Je lui dirai que vous êtes passé.

Bien sûr, j'espère que ça lui ira et qu'il va se casser. Mais je sais tout de suite que ça ne va pas marcher. Il reste là à me reluquer et quand je lui jette un coup d'œil, il a un petit sourire en coin qui me fait battre le cœur à cent à l'heure. Pas de façon sympa. Le pire c'est qu'il m'a coincé.

— Zach doit être plus intelligent que je le croyais, dit-il soudain, s'il se garde un joli petit morceau comme toi.

Je ne sais pas ce qui m'énerve le plus dans sa remarque, qu'il m'appelle un joli petit morceau ou qu'il sous-entende que Zach est stupide.

— Dis-moi, il te laisse le baiser ou c'est toujours le contraire ?

— On n'est pas comme ça.

Je pèse le pour et le contre. Je n'ai pas peur de lui. Ça fait longtemps que j'ai appris à me battre contre des brutes de son genre. La question, c'est quel genre d'emmerdes ça va me causer après ? Faut juste que je patiente, que je la joue cool, que j'espère qu'il ne se passera rien avant l'arrivée de Zach.

— Tu veux me faire croire que Zach te garde pour tes extraordinaires dons d'organisation ? demande-t-il d'un ton sarcastique.

Je hausse les épaules.

— Faut lui demander.

Il se rapproche. Je ne recule pas. Je ne vais pas lui donner cette satisfaction.

— Allez, dit-il d'un air séducteur. Sois gentil. Je suis sûr que tu en vaux la peine. Pourquoi tu ne partages pas un peu ce que tu lui donnes ? Je te ferai même passer un bon moment.

— Je ne lui donne rien. Je ne te donnerai rien non plus.

— Pas besoin de continuer à le nier. Ça ne me gêne pas qu'il s'amuse un peu sans moi.

— Tu délires.

Il rigole, comme si c'est un jeu. Peut-être que c'en est un pour lui. Et puis il essaie d'écarter les cheveux devant mes yeux. Je bouge avant même d'y réfléchir, repousse sa main et me retourne vers lui.

— Ne me touche pas, connard !

Son regard se fait plus sombre, plus flippant, et il dit à voix basse :

— Fais attention, mon mignon.

C'est clairement un avertissement.

Je refuse de me laisser intimider par lui. Je le regarde dans les yeux, la voix calme et égale.

— Ou alors ?

— Peut-être que je dirai à Zach que son petit chien a proposé de me tailler une pipe contre un peu d'argent. Le partager ne me gêne pas, mais je ne sais pas, je doute qu'il voie les choses à ma façon.

Je suis tenté de le prendre au mot. De toute façon, Zach ne le croirait jamais. C'est là-dessus que Zach entre. Je déteste sa joie quand il voit Tom.

Bien sûr, Tom est un pro. Il s'écarte immédiatement de moi et il a un grand sourire aux lèvres avant de se retourner vers Zach.

— Salut, bébé. Je t'attendais.

Il tend les bras vers lui.

Je ne peux pas voir ça.

— Zach, je reviens dans vingt minutes.

Je ne le regarde même pas. Je baisse la tête et file vers la porte. Et puis, je sais que Zach dira pas non, et justement, je l'entends répondre : 'Pas de problème !' au moment où je passe le seuil.

Je ne sais même pas où je vais. Il fallait que je sorte de là. Je n'arrive pas à décider s'il faut que je dénonce Tom ou pas. D'abord, je me dis que oui. On est amis. C'est mon job, non ?

Mais plus j'y pense, plus je me dis que c'est con, comme idée. Zach est un grand garçon. Ce sont ses oignons. Qu'est-ce que je vais dire, de toute façon ? 'Ta grande brute de copain me fout les jetons ?' Ou peut-être que Tom m'a chauffé ? Non. Si je lui dis, il va juste se retrouver dans le mauvais rôle, devoir choisir entre Tom et moi. Je ne veux pas lui faire ça. Malgré ce que pense Tom, Zach n'est pas con. Naïf et à l'ouest, peut-être, mais ce n'est pas la même chose. Il va finir par se rendre compte que Tom est un connard. En attendant, pas besoin de pourrir notre amitié.

Zach...

JE FUS heureusement surpris de voir Tom à mon arrivée au vidéo club.

—Salut, bébé. Je t'attendais.

Il y avait un bouton de plus de défait à sa chemise, je ne pouvais détacher les yeux de ce petit triangle de peau aux poils bouclés. Il me rejoignit et me tendit les bras.

— Zach, je reviens dans vingt minutes, lança soudain Angelo.

Je crus qu'il essayait simplement de nous laisser tranquille, mais il avait une voix bizarre. Toutefois, il ne me regardait pas et sortit avant que je puisse dire autre chose que 'pas de problème.'

— Tu devrais virer ce voyou avant qu'il te dévalise, déclara Tom tout de suite après son départ.

Je me hérissai. Je ne savais pas vraiment quand j'avais arrêté de prendre Angelo pour un voyou, mais quoi qu'il en soit, je n'aimais pas que Tom le traite ainsi.

— Angelo ne me volerait jamais, rétorquai-je. Je lui fais entièrement confiance.

Cette réponse lui déplut clairement, mais il haussa les épaules et sourit de cette façon incroyablement sexy.

— Je suis désolé de ne pas avoir été très présent. On a eu tellement à faire.

Il m'enlaça la taille et m'attira contre lui.

— Mais tu m'as manqué

Oh cette voix grave et séductrice... Je bandais rien qu'à l'entendre. Il m'embrassa dans le cou et je me détendis contre lui.

— Tu me pardonnes ?

— Bien sûr.

— Parfait.

Il m'embrassa, tendre mais insistant, me prit la main et me tira dans le bureau. Il ouvrit la porte et me poussa à l'intérieur, la referma derrière nuit, puis se jeta sur moi. Il me plaqua contre le mur et m'embrassa brutalement. Il m'empoigna les fesses.

— Je n'ai pas beaucoup de temps, murmura-t-il à mon oreille, le souffle court. Mais j'avais vraiment envie de te voir. Tu m'as tellement manqué !

Il m'embrassa à nouveau et pressa son aine contre la mienne, puis s'écarta pour me caresser les lèvres du pouce. Je le léchai. Il écarquilla un peu les yeux puis souffla :

— Bon Dieu, que j'aime ta bouche !

Je lui souris.

— Tu as combien de temps ?

— Quelques minutes ?

— Ça suffira.

J'échangeai nos positions pour le plaquer contre le mur. Je l'embrassai à nouveau tout en défaisant son pantalon puis m'agenouillai devant lui. Je descendis son slip et léchai le bout de son sexe.

— Ouais, ouais, bébé, c'est ça, murmura-t-il d'une voix rauque. J'en ai trop envie !

Je le pris aussi loin que possible. Je n'avais jamais maîtrisé l'art de la gorge profonde, alors je me servis de ma main à la base de sa verge.

— Bon Dieu que c'est bon !

J'accélérai. Je saisis ses bourses, les pressai doucement. Je passais la langue sur sa fente chaque fois que j'atteignais le haut de son sexe.

— Oh, bébé, c'est ça !

Il commença à donner des coups de rein, puis m'agrippa l'arrière de la tête.

— C'est si bon, ta bouche est si chaude, je suis déjà tout près ! Un petit peu plus…

Ma propre érection donnait l'impression de pulser au rythme de ses coups de hanche. J'y aurai mis la main, mais je n'avais pas envie de passer ma journée avec une énorme tache à l'avant du pantalon. J'accélérai en espérant qu'il me rendrait la pareille une fois fini.

— Bon Dieu, Zach ! Encore un peu ! Juste un petit peu !

Il crispa les doigts dans mes cheveux, cela fut suffisant.

Quand il eut fini, je me levai et l'embrassai.

— Bébé, c'était trop bon, dit-il lorsque je m'écartai.

Il m'empoigna à nouveau les fesses et me pressa contre lui tout en caressant ma verge. Je gémis et m'appuyai contre lui.

— Je suis désolé, je n'ai pas le temps de m'occuper de toi.

Il m'embrassa encore.

— Est-ce que je peux me faire pardonner plus tard ?

J'étais arrivé à un tel degré d'excitation qu'il ne lui aurait fallu qu'une minute ou deux pour me faire jouir. Mais je hochai la tête.

— D'accord.

— Je passe te chercher à dix-huit heures.

Il s'en alla. Contrairement à mon érection. Je serais tendu et de mauvaise humeur tout l'après-midi. Je finis par me masturber dans les toilettes. Ça faisait terriblement adolescent, mais au moins cela me soulagea un peu.

Angelo revint dix minutes plus tard, suivi de près par Nero Sensei avec une énorme boîte de bouts de planches cassées.

— Bonjour, Zach, je t'ai apporté du bois de chauffe.

Peu importe qu'on soit en juillet et que je lui aie dit des centaines de fois que je n'avais pas de cheminée. Ses élèves ne cessaient de casser des planches et il désespérait de trouver quoi faire des morceaux.

— Merci, Sensei. Tu peux les laisser près de la porte.

Après son départ, Angelo se tourna vers moi.

— Qu'est-ce que tu vas faire de tout ce bois ?

— Le jeter dans la benne demain matin, avant l'arrivée de Sensei.

Que pouvais-je faire d'autre ?

— Vois les choses du bon côté, répondit Angelo avec un sourire. Si jamais une armée de planche nous attaque, les élèves de Sensei seront là pour nous sauver.

J'éclatai de rire alors que Nero passait à nouveau, se dirigeant vers la porte de Jeremy avec une autre boîte. Jeremy lui ferait probablement un discours sur le fait que si la valeur des planches cassées chutait, c'était la faute du gouvernement qui se mêlait du marché libre.

Jimmy Buffett passa vers quatorze heures.

Angelo me surprit en le hélant.

— Bonjour, m'sieur D !

— Qu'est-ce que tu me proposes aujourd'hui, Angelo ?

Angelo sortit un DVD de sous le comptoir.

— *Elle et lui*.

Il le lui tendit.

— Vous l'avez vu ?

Jimmy Buffett, connu sous le nom de monsieur D, secoua la tête avec un sourire.

— Non. Tu crois qu'il me plaira ?

Angelo lui rendit son sourire.

— Je le garantis.

Jimmy loua le film, remercia Angelo et partit.

Angelo se tourna vers moi et mon expression lui fit demander sur le ton de la plaisanterie :

— Tu as un problème ?

— Monsieur D ?

Il haussa les épaules.

— Ouais, pourquoi pas ?

— C'est son nom ?

Angelo secoua la tête.

— Sérieusement, Zach. Il faut que tu connaisses tes clients fidèles. Il s'appelle Drew Davis. Il kiffe les films de fille.

Ce qui expliquait son air constamment embarrassé. Bien entendu, je n'avais jamais fait attention à ce qu'il louait.

— Et la Gothique ? demandai-je à Angelo.

— Carrie. Elle ne loue que des comédies musicales.

Il me fit son sourire en coin.

— Sérieusement, Zach, je ne sais pas comment tu as survécu sans moi.

Je ne savais pas trop non plus. J'avais l'impression que l'avoir engagé était une sorte d'intervention divine. Mais je pus éviter de répondre grâce à Ruby qui passa la porte et proclama dans la foulée :

— Zach, j'ai eu une autre vision !

— Vraiment ?

Un coup d'œil à Angelo dévoila son air intrigué et amusé.

— Oui. Une dame dans une grande robe verte t'a apporté un bol de glace. Elle a dit : 'Avant qu'elle fonde, Zach. Parce que je suis folle de toi.'

— Une dame dans une grande robe verte est folle de moi ?

Angelo avait un sourire jusqu'aux oreilles.

Ruby haussa les épaules.

— Je n'interprète pas mes visions, mon petit. Je ne fais que les recevoir.

Jeremy passa à seize heures voir si on avait besoin d'autres prospectus. Il était clairement déçu du nombre qui restait sur mon comptoir.

— Je ne comprends vraiment pas pourquoi les gens n'ont pas plus envie de provoquer un véritable changement à Washington, me déclara-t-il.

— Je ne sais pas vraiment non plus, Jeremy, répondis-je en essayant d'avoir l'air plein de compassion.

— Tu te rends compte que l'impôt fédéral sur le revenu n'est même pas légal ? Le seizième amendement n'a jamais été réellement ratifié par la législature d'état. Tout ça c'est qu'une supercherie, afin de nous voler notre argent durement gagné.

— Vraiment ?

— Oui ! L'armée fédérale a envahi ce pays, Zach. Il y aurait des émeutes dans les rues si les gens comprenaient.

— Des émeutes ?

Je ne pus cacher mon scepticisme.

— Je ne plaisante pas.

Et il avait effectivement l'air très sérieux.

— Il y a un film, dit-il, attirant soudain l'attention d'Angelo, qui s'appelle *Freedom to Fascism*. Tu l'as ici ? Tu l'as vu ?

Je dus consulter Angelo.

— Est-ce qu'on l'a ?

— Non, répondit-il.

Il griffonnait sur un bout de papier et ne leva même pas les yeux.

— Mais je peux le commander.

Je me retournai vers Jeremy.

— J'ai comme l'impression que je l'aurai vu avant la fin du mois.

Il secoua tristement la tête.

— Je l'espère, Zach. Les ignorants sont peut-être heureux, mais ce n'est pas une excuse.

À dix-sept heures, Tom appela pour annuler. Il prétendit avoir une autre réunion. Il y en avait toujours une.

— Alors finalement, je ne te verrai pas ce soir ?

Je ne pus retenir mon agacement.

— Je suis désolé, bébé. Je me ferai pardonner. C'est promis.

— C'est ça.

— Ne sois pas fâché, s'il te plaît. Écoute, il faut que j'y aille. Je t'appelle bientôt.

Je faillis lui dire que ce n'était pas la peine, mais il raccrocha avant. Je raccrochai à mon tour et me demandai quoi faire maintenant que je n'avais plus rien de prévu.

— Laisse-moi deviner.

Je me tournai vers Angelo qui me regardait depuis l'autre côté du comptoir.

— Ducon t'a encore lâché, c'est ça ?

— Va te faire foutre, Angelo.

Il garda un instant le silence, puis dit :

37

— Désolé, mec. Mais je ne comprends vraiment pas pourquoi tu le laisses te traiter comme ça.

Je commençais à me poser la même question. Et je me retrouvais désormais à devoir passer une autre soirée en solitaire. Toute une soirée durant laquelle penser à celle qui n'avait pas été.

— Tu veux venir ce soir ? demandai-je à Angelo.

— Ducon t'a lâché alors je suis ton plan B ?

Vu comme ça, j'avais l'impression d'être un vrai salaud.

— Ce n'est pas comme ça que je l'entendais.

— Ouais.

— Ouais quoi ?

— Ouais, je veux bien venir ce soir.

Je me mis à lui sourire.

— Je peux choisir le film ?

— Tu vas prendre un truc avec Molly Ringwald ?

— Peut-être...

Il me sourit.

— Pas question, Zach. Tu choisis le dîner, je choisis le film.

Nous rentrâmes chez moi. Angelo sortit une bière du frigo pendant que je commandais une pizza. Je le trouvai assis à la table de la salle à manger, à faire le puzzle. Je m'installai en face de lui. Nous jouâmes quelque temps dans un silence agréable. Je fus surpris de combien c'était plus amusant, avec lui à mes côtés.

— Qu'est-ce que tu as pris, comme film ? finis-je par lui demander.

— *Aliens.*

Il me regarda avec son sourire en coin.

— De la violence et des explosions dans tous les sens. Il n'y a rien de mieux.

Je ris et j'allais me remettre au puzzle lorsque je vis quelque chose du coin de l'œil au-dessus du rebord de la table, quelque chose de doux et gris qui dépassait de ses genoux, comme une hampe poilue. Ou une queue de chat.

— C'est Geisha ? demandai-je avec surprise.

— Si Geisha est un chat, alors oui, répondit-il sans lever les yeux du puzzle.

— Elle est sur tes genoux ?

Il me regarda comme si j'avais perdu la tête et dit lentement :

— Ouais. Pourquoi ?

J'étais sidéré. Geisha me fusillait du regard chaque fois qu'elle me voyait et miaulait de rage si son bol de croquettes était vide ou s'il faisait trop froid dehors. Et il lui arrivait de me donner des coups de pattes pour me réveiller à quatre heures du matin, ainsi que de faire pipi dans mon linge sale si je ne nettoyais pas sa litière. Mais jamais, jamais elle ne s'asseyait sur mes genoux.

— Comment tu as réussi à la faire venir ? lui demandai-je avec émerveillement.

Il haussa les épaules.

— J'étais juste assis là, elle a sauté sur mes genoux.

Je ne pouvais qu'afficher ma stupéfaction.

— Pourquoi ça t'étonne ?

— Tout ce temps, je croyais qu'elle détestait les gens. En fait c'est juste moi qu'elle déteste.

Ma propre chatte. C'est agréable.

La pizza arriva enfin.

— Veux-tu regarder le film en mangeant ou rester ici ? demandai-je. Je pourrais mettre de la musique, mais quelque chose me dit que tu ne l'aimeras pas.

Il regarda le puzzle, puis le salon, puis indiqua la table et dit :

— Emportons-la, on fera les deux à la fois.

Nous déplaçâmes alors la table dans le salon et nous nous assîmes à la perpendiculaire l'un de l'autre, mangeant de la pizza, avançant le puzzle et regardant de la violence et des explosions dans tous les sens. Angelo avait raison. Il n'y avait rien de mieux.

TOM NE me donna aucune nouvelle la semaine suivante. Je songeai à l'appeler, mais je ne voulais pas paraître désespéré. Je commençais à comprendre que notre relation n'en était pas une du tout.

J'essayais de ne pas trop y penser. C'est trop déprimant.

Cette semaine-là, Angelo passa presque toutes ses soirées avec moi. Parfois je l'avais invité. Parfois je ne savais pas trop comment c'était arrivé. Quoi qu'il en soit, j'étais heureux d'avoir de la compagnie. Nous finîmes le premier puzzle et en commençâmes un deuxième. Nous nous amusions bien. C'était bien mieux que de passer la soirée à contempler l'état de ma non-relation avec Tom.

Lundi passa à nouveau, mais cette semaine-là, j'avais au moins des projets. Le week-end suivant se déroulait le Folk Fest, un festival de deux jours qui se passait à Lyons. J'y allais tous les ans, même si je devais fermer le vidéo club. J'avais vraiment hâte de changer d'air pendant quelques jours. Je regrettais, toutefois, d'y aller seul.

À l'origine, j'avais prévu de donner à Angelo le choix de s'occuper du vidéo club ou de prendre son week-end, mais à son arrivée ce matin-là, j'avais une autre idée en tête.

— Angelo, qu'est-ce que tu fais ce week-end ? lui demandai-je lorsqu'il entra.

— Rien. Pourquoi ?

— Tu as déjà entendu parler du Folk Fest ?

— C'est comme le Bluegrass Fest, sauf que c'est avec de la musique folk ?

— Exactement.

— Non, jamais entendu parler.

Cela me fit sourire.

— La nourriture te plairait beaucoup. Ils ont ces raviolis chinois poulet basilic à tomber. Il y en a au curry aussi. Mais je ne les ai pas essayés. On m'a dit qu'ils étaient très piquants.

Il me fit un sourire moqueur.

— Mauviette.

Je ne pus que lui rendre son sourire.

— Je sais. Ça te dit, de venir avec moi ?

— De la musique folk ? demanda-t-il avec incrédulité.

— Oui, d'accord, mais il y a des types de musique très différents qui sont considéré comme du folk. Tu serais surpris. On profitera du soleil, on boira de la bière et on regardera les gens passer. Qu'est-ce que tu en dis ?

Il me regarda, il avait l'air d'y réfléchir. Je réalisai alors combien j'espérais qu'il accepterait.

— Le billet est un peu cher, mais on partagera.

Ça creuserait sacrément mon budget, mais soudain je m'en fichais.

— Ce sera marrant. Tu viendras ?

Il me fit son sourire en coin.

— Tu veux que je passe mon week-end avec toi à écouter de la musique de merde ?

— Oui !

— Pourquoi je ferais un truc pareil ?

Mais je reconnaissais ce ton insolent et ce regard pétillant, il allait dire oui.

— Juste comme ça ?

— Ne dis pas que je n'ai jamais rien fait pour toi, Zach !

J'étais encore en train de rire quand Jeremy entra.

— Zach, je viens vous faire signer cette pétition.

Il avait trois porte-blocs. Je ne lus même pas de quoi il s'agissait. Je les signai puis les passai ensuite à Ang'.

— Vous avez regardé le film dont on a parlé ?

— Non, répondit Angelo pour moi, mais on l'a commandé. Il devrait être là la semaine prochaine.

Jeremy eut l'air ravi.

Puis ce fut au tour de Ruby.

— Tu as eu une vision ? lui demanda Angelo.

Il avait l'air complètement sérieux, mais le pétillement dans ses yeux trahissait son amusement.

— Eh bien jeune homme, effectivement. Je t'ai vu debout près de deux portes de pierre. Puis ton frère est venu te l'ouvrir et tu as fait passer le seuil à un aveugle.

Elle hocha la tête, puis se tourna vers moi d'un air de conspiratrice.

— C'était cet homme noir qui chante.

— Stevie Wonder ou Ray Charles ? demandai-je en essayant de garder mon sérieux.

— Eh bien, dit-elle d'un air perturbé, celui qui est noir.

Angelo avait perdu son air amusé.

— Je n'ai pas de frère, dit-il brutalement.

— Oh.

Elle eut l'air encore plus perturbé.

— En es-tu certain, mon petit ?

Angelo la fusilla du regard, alors elle tourna les talons en marmonnant.

— Tu pourrais avoir un frère, dis-je doucement à Angelo. As-tu déjà songé à rechercher ta famille ?

Il détourna la tête sans un mot. Le sujet était clos. Avant que je puisse ajouter quoi que ce soit, la porte s'ouvrit et Tom entra. Je n'étais pas certain de ce que je ressentis. J'avais en partie envie de rompre, mais j'avais en partie toujours envie de lui.

— Salut, bébé.

Il m'embrassa sur la joue. Angelo nous tourna le dos, pas assez vite pour que je manque son expression haineuse.

— On va derrière ? demanda Tom.

Une autre fellation dans le bureau ? Pas aujourd'hui.

— Je suis occupé pour l'instant.

C'était clairement un mensonge, et alors ?

— D'accord.

Il eut l'air un peu amusé, mais ne protesta pas.

— On peut se voir ce week-end ?

— Je ne suis pas là.

J'éprouvais une satisfaction ridicule à le lui dire.

Il eut l'air surpris.

— Où vas-tu ?

— Au Folk Fest, à Lyons.

Son visage s'éclaira.

— Vraiment ? J'ai toujours pensé que ça avait l'air sympa. Tu veux de la compagnie ?

Je fus surpris que mon réflexe soit de répondre non. Mais quelque part j'étais flatté qu'il veuille passer le week-end avec moi. Tout un week-end ensemble… Je nous imaginais passant devant les stands, main dans la main, partageant une glace, faisant l'amour. J'en avais vraiment envie. J'avais envie qu'on soit un vrai couple.

— Je vais camper. Tu accepteras de dormir par terre ?

— Pour toi ? Bien sûr.

Il fit un pas vers moi et passa un bras autour de ma taille.

— Je peux te voir ce soir ? Je pourrais venir vers vingt-et-une heures.

— Si tu veux.

— Parfait. Tu m'as manqué.

Il partit quelques minutes plus tard. Dès que la porte se referma derrière lui, Angelo me tomba dessus.

— T'es con ou quoi ? demanda-t-il d'un ton furieux.

— Qu'est-ce que ça veut dire ?

Il secoua la tête et se détourna.

— Ce type se fout de toi. Il se sert juste de toi et tu le laisses faire.

— Ça, tu n'en sais rien.

— Oh que si, Zach, rétorqua-t-il. Ne vas pas au festival avec lui. Tu vas le regretter.

J'essayai de ne pas avoir l'air aussi sur la défensive que je l'étais.

— Peut-être qu'un week-end ailleurs nous fera du bien.

Il étrangla un ricanement.

— Du bien à lui, tu veux dire. Il va tirer sa crampe, et toi tu n'auras rien.

— Tu ne peux pas me faire un peu confiance, Angelo ? Je ne suis pas bête à ce point.

— C'est l'air que tu me donnes, pourtant.

Je ne répondis rien, mais ses paroles me blessèrent plus que je l'aurais cru. Je lui tournai le dos pour qu'il ne le voie pas, et une minute plus tard, il dit à contrecœur :

— Désolé.

— J'aimerais quand même que tu viennes, dis-je tout bas.

— Même pas en rêve. Pas s'il y va.

Il avait la voix moins agressive.

— Je m'occuperai du vidéo club pour que tu n'aies pas à fermer.

— Tu viens quand même ce soir ?

Je savais qu'il devrait partir avant que Tom arrive. S'il venait jamais.

— Bien sûr. J'ai trouvé le film parfait.

Ce 'film parfait' se révéla être *American Beauty*.

— Je n'ai rien compris, dis-je à la fin.

— Ça parle de désir. Des fois, ce que tu crois vouloir n'est pas vraiment ce que tu veux.

Il me jeta un coup d'œil, le rouge lui monta aux joues mais il continua :

— Tu vois, la pom-pom girl veut juste être désirée. Et la fille veut être aimée pour ce qu'elle est. Mais toi, c'est à Kevin Spacey qu'il faut que tu réfléchisses. Parce qu'il croit vouloir que sa femme le respecte, mais ce qu'il veut vraiment, c'est avoir du respect pour lui-même. Et il croit désirer la pom-pom girl, parce qu'il croit savoir qui elle est. Mais après il découvre qu'il s'est trompé, ce qui veut dire que ce qu'il voulait n'était pas réel non plus.

J'étais impressionné. Je ne m'étais pas rendu compte qu'il visait un thème spécifique.

— Tu essaie de me passer un message, Angelo ? demandai-je d'un ton léger.

Il ne répondit pas. Il termina sa bière et contempla sa bouteille vide.

— Tu as quel âge, Ang' ?

Il leva les yeux de surprise.

— Vingt-sept ans.

C'était plus vieux que ce que je croyais. C'était le fait qu'il n'avait pas l'air de devoir se raser qui lui donnait l'air plus jeune. Sept ans de moins que moi quand même. Mes vingt-sept ans me paraissaient bien loin. Il se débrouillait seul depuis plus de dix ans. À son âge, ça faisait à peine deux ans que j'étais sorti de l'université.

— Arrête ça, dit Angelo d'un ton désapprobateur.

— Arrête quoi ?

— De croire que je suis si jeune et toi si vieux.

Je dus rire à la façon dont il semblait comme par magie savoir à quoi je pensais.

— Je me souviens très précisément de toi faisant référence à ma 'lointaine jeunesse' !

Il croisa mon regard, pas du tout amusé.

— Tu n'es pas vieux, Zach. Arrête d'agir comme si ta vie était foutue.

Était-ce comme ça que je me comportais ?

Il jeta un coup d'œil à l'horloge. Il était presque vingt-et-une heures.

— Il faut que j'y aille.

Il voulait partir avant l'arrivée de Tom, je le savais.

— Tu peux rester plus longtemps. Il sera sûrement en retard.

— Oh j'en suis sûr. Le plus con dans l'affaire, c'est que ça ne t'énerve même pas.

— Ang'…

— À demain, Zach.

…Angelo

TOM VIENT ce soir, ce qui veut dire que je vais vite me tirer. Pas question de croiser ce type dans l'escalier, sachant qu'il va voir Zach. Je sais que ce ne sont pas mes oignons, avec qui Zach couche. Ça me rend quand même dingue de penser à eux. Je ne supporte pas d'imaginer Tom en train de le toucher, de l'embrasser ou de le baiser. Je me dis que c'est seulement parce que Tom est un connard et que Zach est mon ami. Ça ne peut pas être plus que ça.

Je me dirige vers la porte quand je vois les préservatifs. Une boîte complètement neuve sur le comptoir. Je suis content que Zach fasse gaffe, mais en même temps, savoir ce que ça veut dire, ça fait monter une sorte de fureur en moi.

Pourquoi cette putain de boîte me donne envie de hurler, pleurer, d'exploser de rage et de taper des pieds comme un crétin de gosse ? Pourquoi je veux hurler après Zach, verrouiller la porte et prétendre que rien de tout ça n'est vrai ? Sûrement parce que Zach tire un coup et pas moi. La vérité, c'est que ça fait longtemps pour moi. Longtemps que je n'ai pas laissé quelqu'un me toucher. Avant d'avoir eu le temps de réfléchir trop, j'ouvre la boîte, j'en prends deux et je les fous dans ma poche. Ça fait presque un an que je n'ai pas mis les pieds dans une boîte de nuit, mais je sais que j'y vais ce soir.

Ce n'est pas dur pour moi. J'ai l'air plus jeune que je le suis et je ne suis pas très grand. Ça a l'air de plaire à un paquet de mecs. J'ai toujours eu le choix.

Il y a des années, je le faisais tout le temps. Presque tous les soirs. Si quelqu'un me payait un verre, je le buvais. Un joint, je le fumais. Une pilule, je l'avalais. Je me suis retrouvé dans plein de mauvais plans avec plein de gens différents. Je me suis réveillé dans des endroits inconnus. Et puis un soir, je suis allé chez un mec. Ce n'était pas le genre qui m'attirait d'habitude. Le genre grande brute. Insistant. Je savais instinctivement que c'était une mauvaise idée. Je ne le sentais pas, comme je ne sens pas Tom, mais j'étais bourré et je voulais tirer un coup. Avant de quitter la boîte, on s'était mis d'accord sur une pipe, mais arrivé chez lui, il a voulu autre chose. Et il n'acceptait pas que je refuse, en plus. Ça a été un peu chaud pendant un moment. Au bout du compte, j'ai réussi à me tirer, et je suis à peu près sûr que ce type a fini avec le nez pété et les couilles douloureuses. Il m'a quand même fait grave flipper.

Je ne suis pas retourné en boîte pendant longtemps après ça. J'ai passé des semaines à économiser pour me faire tester à la clinique. J'ai eu du bol qu'ils reviennent négatifs. C'est là que j'ai arrêté d'aller en boîte.

Plus ou moins.

Le truc, c'est que des fois, se masturber ne suffit pas tout à fait.

Depuis cette soirée, j'ai des règles. La première : ne jamais ramener quiconque chez moi. Je ne vais pas chez eux non plus, sauf s'ils vivent dans le quartier. Je ne veux pas devoir compter sur quelqu'un d'autre pour rentrer chez moi. J'accepte la voiture, s'ils en ont une. Le mieux, c'est de draguer ceux qui bossent dans la boîte, parce qu'ils peuvent ouvrir l'une des salles à l'arrière.

Mais pas ce soir. Ce soir, j'en ai déjà choisi un. Il est assis avec des amis, l'air paumé. Cette boîte est presque ouvrière. Ces types ont l'air d'arriver d'un terrain de golf. Ils regardent autour d'eux, les yeux écarquillés et le sourire nerveux. Ils s'encaillent, quoi. Bande de cons. Mon bonhomme est brun. Comme Zach. Mais je ne vais pas penser à lui. Il porte l'une de ces chemises à la con avec des petits chevaux dessus. Comme Zach. Je ne pense toujours pas à lui.

Je m'appuie au bar et je le mate. Ça a l'air bête mais ça marche toujours. Il ne met pas longtemps à me voir. Et là, sérieusement, il regarde derrière lui pour vérifier que ce n'est pas un autre que je reluque. Je lui souris et lui fais signe de venir. Il doit être sur la fin de sa trentaine, il s'empâte un peu au niveau du ventre. Peu importe. Ce n'est pas comme si j'allais le regarder.

— Salut, dit-il quand il m'a rejoint.

Puis il s'interrompt, parce qu'il ne sait clairement pas quoi sortir d'autre.

— Pas besoin de blabla. Ça te dit de faire un tour dehors avec moi ?

Il ouvre grand les yeux. Marron. Pas comme Zach. C'est bien. Parce que je ne pense pas à lui.

— D'accord.

Il jette un coup d'œil à ses amis qui nous observent comme si c'était du grand spectacle.

— Je vais d'abord dire à mes amis…

— Ne t'embête pas. Tu vas revenir très vite.

Je n'arrive pas à dire s'il est déçu ou non. Mais ce n'est pas comme si j'en avais quelque chose à foutre. Il me suit dehors. Je l'entraîne jusqu'à un café plus bas. Il n'y a jamais beaucoup de monde à cette heure de la nuit. Les toilettes sont grandes et propres, pas des pissotières. Dans celles-là on rentre un à la fois et les portes se verrouillent. Contre un bon pourboire, les serveurs regardent ailleurs et vous foutent la paix autant de temps que vous voulez. Ce n'est pas spécialement romantique, des chiottes, mais ce n'est pas ce qu'on recherche. La fille qui est là ce soir a des mèches bleues et un paquet de piercings au visage. Je lui glisse un billet de vingt, elle me fait un clin d'œil.

Mon bonhomme me suit sans un mot. Je verrouille la porte. Il s'appuie contre le mur et me regarde comme s'il avait gagné le gros lot. Peut-être bien que oui. Il attend que je lui dise quoi faire. Ça me plaît. Non pas que je veuille être un de ces connards dominants, mais je ne laisse personne me contrôler quand je couche. C'est moi qui commande.

D'instinct, je sais que Zach me laisserait faire. Mais je ne pense pas à lui.

D'autres règles : je ne les laisse pas m'embrasser. Je ne les laisse pas me baiser. Je ne leur dis jamais mon nom, alors qu'ils demandent toujours. En général ils me donnent le leur mais je n'écoute pas.

Juste à ce moment-là, il dit :

— Tu t'appelles comment ?

— Dave.

Je sors un préservatif de ma poche et le lui tends.

— Il faut que tu le mettes.

— Ouais, d'accord.

Le pauvre mec est si nerveux qu'il commence à suer un peu. Il reste là à regarder le petit paquet comme s'il allait lui exploser entre les doigts.

Je me force à sourire. Je me rapproche de lui et commence à défaire son pantalon.

— Tout va bien, mec. Détends-toi. Je m'occupe de tout.

On ne peut pas dire qu'il se détende, mais il y a de l'excitation dans son regard. Le désir commence à prendre le pas sur sa nervosité. Je me débarrasse de son pantalon. Il est déjà en pleine érection. Je lui fais quelques caresses, jusqu'à ce qu'il arrête de flipper et se laisse aller. Il ferme les yeux, son souffle s'accélère. Je lui mets le préservatif.

— Hé.

J'attends qu'il ouvre les yeux.

— Tu me touches la tête, je te laisse là avec ta frustration. Ça marche ?

Il hoche la tête. Ça me suffit.

Je m'agenouille en face de lui et je me lance. Je suis bon à la fellation. Ne me demandez pas pourquoi parce que je n'en sais rien. Je peux prendre une queue assez profondément. Ça doit être pour ça. Ça m'étonnerait que ça soit suffisant, mais comme j'ai dit, je n'en sais rien. En tout cas lui ça lui plaît. J'ai à peine commencé qu'il s'exclame : 'Putain de merde !'. Il fait même mine de m'agripper la tête, mais il se reprend et croise les mains dans son dos.

Je me débrouille pour que ce soit bon pour lui, surtout qu'il n'a pas protesté au sujet du préservatif. Je ne le finis pas tout de suite. Je l'en rapproche deux ou trois fois, puis je calme le jeu. Je passe même un peu les doigts sur son trou. Quand il jouit enfin, il lâche un cri et m'agrippe les épaules si fort que je vais peut-être en avoir des bleus. Ça ne me gêne pas. Il ne m'a pas touché la tête. C'est tout ce qui m'importe.

Je me rince la bouche pendant qu'il reprend encore son souffle. Finalement, il me regarde et s'il croyait avant qu'il avait gagné à la loterie, là on dirait qu'il a découvert que la cagnotte est deux fois plus grosse qu'il croyait.

— De quoi tu as envie ? me demande-t-il.

— La même chose.

Je sors un préservatif et le lui propose.

— C'est toi qui décide si je le porte ou pas.

Il secoue la tête. Il s'agenouille déjà en face moi et défait mon pantalon.

— Tu peux m'agripper autant que tu veux, me dit-il. Ça ne me gêne pas.

Puis il s'y met. Je ferme les yeux et me laisse emporter par la sensation de ses lèvres. Ça fait tellement longtemps, j'ai presque oublié combien c'est bon. Je n'arrive pas à me souvenir pourquoi je ne fais pas ça plus souvent. Il a dit que je pouvais l'agripper, alors je ne m'en prive pas. Je m'accroche fort, je sens ses cheveux bruns entre mes doigts et je me répète que je ne vais pas penser à Zach, je ne vais pas penser à Zach.

Au bout du compte, si.

J'imagine que ce sont ses cheveux sombres entre mes doigts, sa bouche sur moi, ses mains serrant si fort à mes hanches. Je me demande ce que ça ferait de le laisser m'embrasser. Et là, je jouis comme ça ne m'était pas arrivé depuis des années.

— Merde !

Ça sort comme un cri, et je sais que j'ai l'air fou furieux.

— Qu'est-ce qui ne va pas ?

Je regarde le type et je me sens tout de suite coupable. Il a l'air embarrassé et un peu triste. Il croit qu'il m'a déçu.

Je me force encore à sourire. Après tout, ce n'est pas sa faute.

— Tout va bien, mec.

Je remonte mon pantalon en m'assurant que je souris toujours.

— J'en avais juste vraiment besoin.

Ça lui rend son sourire.

On sort du café. J'ai l'impression qu'il faudrait que je parle, alors je dis :

— Passe une bonne soirée.

Avant qu'il réponde, je tourne les talons. Pas vers la boîte de nuit. Je vais dans l'autre sens, vers la station-service où je commence à bosser dans vingt minutes.

Je m'autorise à vraiment réfléchir à Zach. Je ne peux pas laisser les choses continuer comme ça. Je ne vais jamais revenir au vidéo club. Je ne vais jamais le revoir. C'est ce qu'il faut que je fasse. Il faut que j'arrête maintenant, avant d'être tellement dingue de lui que je ne pourrais jamais renoncer à lui.

Je me dis que c'est ce que je vais faire.

Je raconte des conneries. C'est déjà trop tard.

Zach…

JE ME sentis mal après le départ d'Angelo. Je détestais ce sentiment de l'avoir déçu. Et il fallait l'admettre, je commençais à me demander s'il n'avait pas raison. Pour le meilleur ou pour le pire, j'eus plus de temps que prévu pour réfléchir ce soir-là.

Tom arriva avec trois quarts d'heure de retard.

— Salut, bébé, dit-il dès qu'il passa la porte.

Il m'embrassa puis commença à défaire ma chemise.

— J'ai pensé à toi toute la journée.

— Tu ne veux pas un verre au moins ? demandai-je avec agacement tandis qu'il me retirait ma chemise et commençait à défaire la sienne. J'ai du vin.

Il m'attrapa et m'attira contre lui, les mains sur mes fesses, les empoignant brutalement.

— Non, bébé, j'ai juste envie de toi.

— Il y a quelque chose qui t'intéresse chez moi, à part mon cul ?

— Bien sûr, bébé ! Comment tu peux demander ça ? Je suis dingue de toi !

Il m'embrassa à nouveau.

— Mais ce soir, j'ai trop envie de toi, Je n'en peux plus. Je ne peux pas m'empêcher de te toucher.

Je voulais insister. Je voulais qu'on passe d'abord du temps ensemble hors du lit. Mais comme il m'embrassait encore, je fus incapable de ne pas réagir. Il était si beau, son corps était magnifique. Je le désirais. Même là. Je me détestais un peu, mais mon corps se fichait de ma fierté.

Il m'embrassa encore tout en défaisant son pantalon, puis me prit la main et la posa sur sa verge érigée.

— Je t'en prie, Zach, ne me fais pas attendre ! Je ne le supporterais pas ce soir, il faut que je jouisse.

— Dis-moi ce que tu veux, dis-je avec résignation, sachant que je ne l'entendrais jamais dire la même chose en retour.

— Ta bouche.

Je me mis à genoux en face de lui et descendis son pantalon. Je passai la langue de la base au nœud. Puis je le pris dans la bouche aussi loin que possible. Il allait et venait en moi lorsqu'il prit ma tête entre ses mains.

— Laisse-moi faire, bébé, laisse-moi baiser ta bouche !

Je hochai la tête. Sa prise se raffermit, il se mit à donner des coups de rein. Je gardai une main à la base de son sexe pour l'empêcher de m'étouffer. Je défis mon pantalon, sortit ma verge et commençai à me caresser au rythme de ses va et vient.

— Oh, bébé, bon Dieu que c'est bon ! Tu m'excites tellement !

Bien sûr il parlait, encore un débit de paroles dénuées de sens. Il me serrait la tête fortement, et j'avais beau le retenir, il me pénétrait la bouche brutalement. Mais ça marchait sur moi aussi. Savoir qu'il me désirait autant était un merveilleux aphrodisiaque, alors je resserrai le poing sur ma verge, continuai à me caresser, sentant mon orgasme se rapprocher.

— C'est ça, bébé, c'est ça ! Bon Dieu !

Il haletait bruyamment. Lorsque je levai les yeux vers lui, je vis une couche de sueur sur son visage.

— C'est ça, bébé ! Putain, ta bouche est parfaite, j'adore voir tes yeux bleus quand je te baise !

Son expression était un peu vulgaire, très arrogante, pas du tout plaisante. Je refermai les yeux, l'écartai de mon esprit.

— J'y suis, bébé, je vais bientôt jouir !

Je songeai vindicativement qu'il n'avait jamais tenu aussi longtemps avec moi. Dommage qu'on n'ait pas atteint la chambre.

— Branle-toi plus vite, Zach, plus vite !

J'obéis et il gémit, les doigts crispés dans mes cheveux. Ses va et vient se firent plus brutaux.

— Bon Dieu, tu m'excites, Zach, j'y crois pas, combien tu m'excites ! Je veux te voir jouir. Vas-y, Zach, vas-y maintenant. Jouis pour moi, bébé !

Et sans y réfléchir consciemment, j'obéis. Lorsqu'il le vit, il gémit, puis jouit à son tour. Il avait son sexe aussi profond dans ma bouche que je pouvais le prendre, j'avais l'impression que j'allais m'étrangler sur tout ce liquide salé qui me rentrait dans la gorge. J'essayai de reculer, mais il me tenait trop fort. J'avalai vite, l'impression de ne plus respirer, espérant ne pas vomir. Il ne me lâcha toujours pas, pas avant que je m'appuie brutalement sur ses jambes pour m'écarter en toussant.

— Ça va pas la tête ? haletai-je.

J'avais réussi à tout avaler, mais j'avais la gorge qui me brûlait.

Il me remit debout et m'enlaça.

— Je suis désolé, bébé, je suis vraiment désolé. Je n'ai pas fait exprès. Je n'arrivais pas à m'arrêter.

Je le repoussai.

— C'est ça, réussis-je à dire, mais ma voix était encore un peu rauque.

— Où est ce vin ? Laisse-moi te servir un verre.

Ce n'était pas ça qui calmerait le feu dans ma gorge, mais je ne me plaignis pas. J'avais de toute façon déjà ouvert une bouteille. J'allai changer mon pantalon dans ma chambre, puisque celui que je portais avait une grosse tache humide à l'avant. Lorsque je ressortis, il me tendit un verre et nous nous assîmes sur le canapé.

Je sirotai mon vin et tentai de comprendre ce que je ressentais. Il m'excitait vraiment. C'était comme si je ne pouvais pas empêcher mon corps de réagir à son contact. Toutefois, il fallait admettre que ce n'était pas exactement ce que j'avais espéré quand on avait commencé à sortir ensemble. Malgré ses dénégations, il devenait de plus en plus évident qu'il n'y avait que le sexe qui l'intéressait. Et ce n'était même pas un bon coup. J'avais l'impression d'être insignifiant. Utilisé.

Un idiot.

Je repensai au film et à la raison du choix d'Angelo. Je fus encore plus honteux de ce qui venait de se passer.

— As-tu déjà acheté ton billet pour Folk Fest ? lui demandai-je.

— Pas encore. Je m'en occupe à la première heure demain, promis.

Il indiqua la table où se trouvait le puzzle, sur le côté du salon.

— Qu'est-ce que ça fait là ?

— On l'a déplacé pour regarder la télé en faisant le puzzle.

— Qui ça, 'on' ?

— Ang' et moi.

— Oh.

Il n'aurait pu avoir l'air moins intéressé.

— Qui est Ang' ? Ta sœur ?

Sérieusement ? Je lui avais parlé de ma sœur Lauren, qui vivait à Chicago, et j'avais forcément de nombreuses fois parlé d'Angelo. Ça ne faisait que prouver à quel point il n'écoutait pas. Et à quel point il n'était pas intéressé. Un autre homme que moi l'aurait frappé. Je regrettai un instant de ne pas être Angelo, de ne pas avoir sa vivacité d'esprit et pouvoir ainsi rétorquer. Au lieu de cela, je fermai les yeux, refoulai ma colère.

Je savais soudain ce que j'allais faire.

Je le regardai.

— Oui, c'est ma sœur, dis-je aussi tranquillement que possible. Elle est passée hier soir. Je lui ai parlé du Folk Fest et elle a décidé de venir aussi.

Un mensonge, bien sûr. Mais j'avais une théorie et j'allais la tester.

— Ouais, ouais, bébé, comme tu veux.

— Le problème, c'est qu'elle ne sait pas pour moi.

— Alors on ne peut pas passer le week-end ensemble ?

Il n'avait pas l'air agacé, pas tout à fait, mais il n'avait pas l'air compatissant non plus.

— Bien sûr que si. On a juste à faire semblant d'être hétéros. Ce n'est pas grave, si ? On s'amusera quand même. Et ça nous donnera l'occasion de mieux nous connaître.

— Oh oui.

Mais ça se voyait que ça ne lui plaisait pas. Il contemplait son vin en le tournant entre ses doigts.

— C'est super.

Je me levai et mis de la musique, puis m'assis à la table et commençai le puzzle. Il me regarda faire quelques minutes puis vida son verre et dit :

— Écoute, il faut que j'y aille, mais je t'appelle demain, d'accord ?

De ça, au moins, je n'avais aucun doute. Je ne le raccompagnai pas à la porte.

Je terminai la bouteille de vin, me retrouvant un peu gris au passage, puis allai prendre une douche brûlante. Je me lavai de tout. Les preuves de mes actes avec Tom, séchés dans mon poil pubien. Le goût qu'il m'avait laissé au fond de la gorge. Toute ma colère, mon amertume, ma rancœur. Je me lavai de tout. Je ne le détestais pas. Mais je n'avais vraiment pas besoin de lui non plus. Il ne m'était rien.

Je fus surpris de le découvrir.

Le lendemain matin, le téléphone sonna cinq minutes après mon arrivée au vidéo club.

— Mauvaise nouvelle, Zach. On a une…

Je l'interrompis.

— Tu ne viens pas.

Ce n'était même pas une question.

— Je suis désolé, bébé. Je me ferai par…

— Oui, oui, Tom. À plus tard.

J'aurais peut-être dû être triste, mais je ne l'étais pas. J'étais soulagé. Je savais exactement où j'en étais. Je me sentais très bien. J'avais hâte de dire à

Angelo que Tom ne venait pas. J'espérais qu'il accepterait toujours de m'accompagner. Je savais qu'on s'amuserait, tous les deux.

Toutefois, je fus surpris lorsque l'heure à laquelle il aurait dû commencer passa et qu'il n'était toujours pas arrivé. Angelo n'avait encore jamais été en retard. En fait, il était plus souvent en avance qu'autre chose. Je n'étais pas fâché. Il aurait une bonne raison.

Il se présenta avec vingt minutes de retard et me regarda à peine lorsqu'il entra.

— Tu es en retard.

— Ouais. Et alors ?

— Alors rien. Je me demandais juste si tout allait bien.

— Qu'est-ce que t'en as à foutre, Zach ?

Je fus pris de court par la colère dans sa voix. J'avais l'habitude d'avoir du mal à suivre nos conversations, mais ça, ça n'avait rien à voir. Je ne comprenais pas du tout ce qui se passait.

— Qu'est-ce qui ne va pas, Ang' ?

Un instant, il garda le silence. Il resta là, à fixer une étagère du regard. Il était tendu. Il serrait la mâchoire, serrait les poings. Enfin, il dit :

— Ça ne marche pas, Zach.

— Qu'est-ce qui ne marche pas ?

Il me regarda enfin.

— Ça !

Il cracha presque le mot et gesticula en montrant ce qu'il y avait autour de lui.

— Toi. Moi. Ce putain de job. Je ne peux pas continuer.

— Tu démissionnes ?

C'était une question terriblement idiote, mais ce fut tout ce qui me vint. J'avais la tête qui tournait.

Il hésita, comme s'il n'avait pas vraiment voulu dire ça et devait décider s'il se rétractait ou non. Mais il déclara alors :

— Ouais. Je démissionne.

— Très bien.

Ce n'était pas bien du tout, en fait, mais j'étais trop stupéfait pour dire quoi que ce soit d'autre. Je ne voulais pas qu'il démissionne. C'était un excellent employé. Les clients l'adoraient. Et on était amis. L'idée de le perdre était plus douloureuse que je m'y étais attendu.

Il resta là un instant, à me regarder. Toute sa colère s'était envolée. Il avait juste l'air triste. Il écarta les cheveux devant son visage, fourra les mains dans ses poches et dit tout bas :

— À plus, Zach.

Il était à la porte lorsque je retrouvai la voix.

— Angelo, attends !

Il s'arrêta, à moitié dehors, mais ne se retourna pas.

— Je ne sais pas ce qui se passe, mais je ne veux vraiment pas que tu t'en ailles. J'ai besoin de toi ici. Et tu…

Et tu vas me manquer horriblement. Mais ça, je ne le dis pas.

— Tu sais que sans toi ce vidéo club est fichu.

Je crus un instant qu'il allait répondre à ça, mais non.

— Si tu as des problèmes et que tu as besoin de vacances, tu les as.

J'aurais fait n'importe quoi pour lui.

— Tout ce que tu veux, Ang'.

Il ne me regardait toujours pas, mais je savais qu'il écoutait. Il regardait le sol.

— Mais reviens quand tu peux. S'il te plaît.

Il resta là un instant, à la porte. J'attendis. Je retenais presque mon souffle.

Puis il partit.

… Angelo

D'HABITUDE, JE dors cinq heures entre la station-service et le vidéo club. Cette nuit, par contre, Je n'ai pas dormi du tout. J'ai passé ces cinq heures à me torturer pour savoir si j'y allais ou non aujourd'hui. Je ne me souviens même pas de m'être décidé. J'ai dû le faire, puisque je me retrouve à passer la porte. Je n'arrive même pas à regarder Zach. Je ne veux pas qu'il soit fâché. Je ne veux pas non plus qu'il soit sympa et compréhensif. Mais surtout, je ne veux pas qu'il voie dans mes yeux qu'il me fout en l'air au point de m'en faire perdre la tête.

— Tu es en retard.

Il le dit d'un ton léger, comme si c'était une question. Comme s'il n'en est pas sûr. Bien sûr qu'il n'est pas fâché. Je le regrette presque.

— Ouais, et alors ?

— Alors rien. Je me demandais juste si tout allait bien.

Qu'est-ce que je peux répondre ? Non, mec, rien ne va. Rien ne va plus. Plus depuis hier soir. Depuis que j'ai compris ce que je ressens. Il ne m'aimera jamais comme je l'aime.

— Qu'est-ce que t'en as à foutre, Zach ?

Il a l'air perdu et un peu blessé, et j'en suis content.

— Qu'est-ce ce qui ne va pas, Ang' ?

Pourquoi il faut qu'il soit aussi gentil ? Ce serait tellement plus facile s'il était aussi salaud avec moi que je le suis avec lui.

Mais cette partie, j'y ai déjà réfléchi. Je me suis répété les paroles la nuit dernière.

— Ça ne marche pas, Zach.

— Qu'est-ce qui ne marche pas ?

— Ça !

Quand je le regarde alors, son expression blessée est presque plus que je peux supporter.

— Toi. Moi. Ce putain de job. Je ne peux pas continuer.

— Tu démissionnes ?

Ouais, je me suis répété ces paroles toute la nuit. Le truc, c'est que je n'ai jamais vraiment eu l'intention de le dire. Mais je ne peux pas revenir dessus maintenant. Et c'est peut-être pour le mieux. Il me regarde toujours, l'air d'avoir pris un coup de poing dans le ventre, ce qui ne doit pas être très loin de la vérité.

— Ouais, je démissionne.

— Très bien.

Je sais que cette simple réponse ne veut pas dire qu'il s'en fout. Il essaie juste de se reprendre. Il faut que je me tire avant.

— À plus, Zach.

Je suis à moitié dehors quand il m'interpelle :

— Angelo, attends !

Je m'arrête. Je ne devrais pas. Mais je m'arrête.

— Je ne sais pas ce qui se passe, mais je ne veux vraiment pas que tu t'en ailles. J'ai besoin de toi ici. Et tu…

Il s'interrompt, comme s'il allait dire quelque chose, avant d'y renoncer.

— Tu sais que sans toi ce vidéo club est fichu.

Je souris un peu à ces mots. Je ne peux pas m'en empêcher. Je suis dos à lui, alors il ne peut pas le voir.

— Si tu as des problèmes et que tu as besoin de vacances, tu les as.

Il s'arrête un instant, puis dit, tout bas :

— Tout ce que tu veux, Ang'.

Soudain je me bats pour ne pas pleurer.

— Mais, reviens quand tu peux. S'il te plaît.

Je veux le rejoindre. Je veux l'enlacer et le laisser me réconforter comme si j'étais un gosse. J'ai envie de pleurer comme un putain de bébé.

Clairement pas possible.

Au lieu de ça, je m'en vais.

Je rentre à la maison. Je me fous au lit et je passe la journée à dormir. Je me réveille en me sentant carrément mieux, mais je dois me dépêcher pour ne pas être en retard à la station-service. Bosser la nuit, c'est surtout rester assis à regarder par la fenêtre. J'ai le temps de beaucoup penser à Zach.

Ce matin, couper les ponts paraissait une bonne idée. Me tirer et l'oublier, lui et son vidéo club à la con. J'ai été seul toute ma vie. Je n'ai jamais eu l'intention que ça change. Le truc, c'est que maintenant ça ne va plus. J'ai dû m'habituer à lui, après avoir bossé tous les jours avec lui et passé les soirées chez lui. Je me sens bien avec lui, même s'il ne ressent pas la même chose que moi. Zach ne me méprise pas sous prétexte que je n'ai pas fini l'école ou que ma vie est pourrie. Il n'agit jamais comme s'il valait mieux que moi. Il n'est jamais condescendant ou fait jamais comme s'il savait plus de trucs que moi. Il me traite mieux que j'ai jamais été traité.

Et aussi dingue de lui que je sois, je me rends compte que si je le veux à ce point, c'est en partie parce que justement, je ne l'attire pas. J'ai rencontré un paquet de mecs ces dernières années qui voulaient juste me foutre dans leur lit. Des fois, j'ai eu l'impression d'être bon qu'à ça. Zach est la première personne qui m'a traité comme un ami, pas comme un coup potentiel. C'est très important pour moi.

Après mon boulot, je rentre me coucher mais je me réveille plus tôt que d'habitude. Je n'ai pas l'habitude de dormir autant. Je vais presque bosser à De A à Z. Je marche jusqu'au vidéo club, je reste là à regarder la porte un long moment. Finalement, je me dégonfle. Je ne saurais pas quoi dire à Zach.

Je rentre à la maison et je passe la journée assis dans mon appart' à penser à lui. Je ne sais pas pourquoi j'ai rendu tout ça si compliqué. C'est simple, en fait. Aucune raison de s'enfuir. Avoir enfin accepté que je suis amoureux de lui, ça veut pas dire qu'on ne peut pas continuer à être amis. Peut-être qu'un jour il voudra de moi. Peut-être que non. Peut-être que j'arrêterai d'avoir des sentiments pour lui. Peu importe.

Je n'ai jamais vraiment eu d'ami comme lui. Hors de question de renoncer à lui maintenant.

Je vérifie l'heure. Je sais que Zach arrive tout juste chez lui. Je passe par De A à Z sur le chemin, je prends un film.

Je n'arrive pas à croire ma nervosité quand je sonne à sa porte. Il ouvre la porte et je me force à le regarder. Il me sourit comme si j'étais le Père Noël qui lui apporte enfin le poney qu'il a demandé.

— Je t'ai pris du curry, dit-il.

Et pour la première fois depuis que je le connais, je crois que c'est moi qui ai du mal à suivre. Tout ce que je peux dire, c'est :

— Merci, Zach.

Je lui tends le film en le dépassant. Il rigole.

— *The Breakfast Club* ? Tu le détestes.

— Toi non.

C'est une excuse ou un genre d'offrande, et il comprend. Il arrive par derrière, m'attrape la nuque et m'embrasse sur la tempe. Qu'il me touche comme ça, ça me fait battre le cœur à toute vitesse. Je m'écarte de lui. Il rigole et dit :

— Je suis heureux que tu sois là.

Il me pousse vers le frigo.

— Prends-toi une bière, je lance le film.

On s'est assis par terre comme d'habitude, en face de la table basse. Il me regarde alors et demande tranquillement :

— Tu veux en parler ?

— Non.

Surtout pas.

Il hausse les épaules. Il me sourit toujours.

— D'accord.

Il ouvre le sac de plats à emporter et me passe la nourriture. Et juste comme ça, tout redevient normal.

Vers la fin du film, il dit :

— Ang', viens avec moi ce week-end.

— Pas question. Pas si…

Il m'interrompt.

— Tom ne sera pas là.

Ça me surprend. Mais le plus surprenant, c'est que ça n'a pas l'air de déranger Zach. En fait, il sourit toujours. Je ne crois pas qu'il ait arrêté depuis que j'ai passé la porte. C'est contagieux.

— Pourquoi ?

Je lutte pour avoir l'air indifférent et pas surexcité, comme je le suis.

— C'est important ?

Je suis curieux, mais à part ça, non, c'est vraiment sans importance.

Je n'aurais jamais cru que j'irais à un truc comme ce festival. Mais depuis qu'il me l'a demandé, j'y pense beaucoup. En fait, je ne fais jamais grand-chose. Je ne vais jamais nulle part. Je n'ai même jamais pris de vacances parce que je n'avais nulle part où aller. J'aime bien l'idée de passer quelques jours à rien faire au soleil. Ça a l'air décontractant. Et je serais avec Zach. Je m'éclate toujours avec lui.

N'empêche, je réponds :

— Ce n'est pas vraiment mon genre de truc, tu sais.

— Je sais. Mais tu viens quand même, hein ?

Il veut vraiment que je l'accompagne. Au bout du compte, c'est ça qui fait pencher la balance. Impossible de lui refuser quoi que ce soit à cet instant.

— Oui, Zach.

Son sourire s'élargit encore plus.

— Je viens quand même.

Zach...

ANGELO REFUSA de me confier ce qui s'était passé mais finalement, je me disais que ce n'était pas mes affaires. S'il voulait que je le sache, il me le dirait. J'étais simplement heureux qu'il ait tout réglé. Le lendemain il était égal à lui-même, et lorsque nous partîmes pour Folk Fest le vendredi, il était complètement surexcité.

Lyons était une très jolie petite bourgade nichée dans les contreforts boisés des montagnes. On l'appelait parfois la double porte des Rocheuses. À l'origine, sa richesse venait des carrières de grès, mais ces derniers temps, c'était plutôt le tourisme.

Le Planet Bluegrass était un amphithéâtre naturel à l'ouest de la ville, coincé entre la rivière St Vrain et les montagnes. Il était composé de deux scènes, et durant le Folk Festival, on jouait de la musique sur les deux à la fois de dix heures à vingt-deux heures. Le festival pouvait aussi se vanter de servir des bières venues des meilleures microbrasseries du Colorado, ainsi que la meilleure nourriture que j'aie jamais mangée. L'atmosphère était familiale. Les enfants couraient en groupe comme il se devait et construisaient des châteaux de sable au bord de la rivière. Ils pouvaient aussi descendre la rivière sur des bouées et remonter jusqu'au festival grâce à une navette.

Le campement était un arc en ciel de couleurs. Les tentes, les campeurs et les parasols étaient si près les uns des autres qu'il était difficile de se frayer un chemin. Quand on regardait certains, on avait l'impression qu'ils étaient installés pour le mois plutôt que le week-end. Ils avaient planté des drapeaux, des bannières et des cerfs-volants, et même étalé des tapis parfois. Partout dans le campement, des cercles s'étaient formés où l'on chantait, jouait du djembé ou simplement buvait ensemble jusqu'au petit matin.

Angelo n'avait aucun matériel de camping. C'était étrange pour quelqu'un qui vivait dans le Colorado, mais je ne fis pas de commentaire. Il avait apporté un sac de couchage mais décida de partager ma tente. Nous finîmes par trouver une place au milieu du campement bondé et nous nous installâmes.

Je ne savais pas si c'était le genre de musique qui voulait ça ou si c'était juste parce qu'il s'agissait d'un festival, mais j'aurais juré qu'il y avait autant de couples lesbiens que de couples hétéros. Les couples gays masculins étaient plus durs à repérer, mais il y en avait quand même. L'atmosphère était ouverte et bonne enfant. Angelo regarda autour de lui avec stupéfaction. Il observa tous ces couples homosexuels qui se tenaient la main, s'embrassaient et ne faisaient rien pour le cacher. Finalement, il se tourna vers moi et dit :

— À part dans les boîtes de nuit, je ne suis jamais allé nulle part où être homo n'a pas l'air de poser de problèmes.

Je me mis à rire. Il se détendit beaucoup plus après ça.

L'emplacement face à la scène principale était soigneusement divisé. Devant, les gens étalaient des couvertures ou des bâches et seules les chaises à ras du sol étaient autorisées. Un peu plus loin, il y avait encore des couvertures et des bâches, mais les chaises normales étaient aussi autorisées. Et encore derrière se trouvaient les parasols. La foule n'était pas encore arrivée, alors nous pûmes étaler ma couverture près des arbres à l'ouest afin d'être à l'ombre plus tard dans la journée. J'avais apporté ma seule chaise sans pied, achetée des années plus tôt à un marché aux puces, spécifiquement pour ce week-end annuel. Je regrettais de ne pas en avoir une pour Angelo ni d'avoir pensé à lui dire d'en apporter. Il me sourit et dit :

— Je dors mieux par terre de toute façon.

Nous rapportâmes de la bière, puis des beignets – poulet basilic pour moi, curry pour lui. Je crois bien qu'il perdit un instant connaissance lorsqu'il les goûta.

— Qu'est-ce que tu en penses ?

— Ça vaut la peine d'être venu rien que pour ça ! répondit-il.

Il rougit mais me regarda quand même lorsqu'il ajouta :

— Merci de m'avoir invité, Zach.

Tout ce qui me vint à l'esprit, c'était combien cela aurait été différent avec Tom. D'instinct, je savais qu'il se serait plaint de tout, de la chaleur au prix des bières. C'était fantastique d'être plutôt là avec Angelo.

— Je suis content que tu sois venu.

... Angelo

JE N'AI pas beaucoup dormi la première nuit à Lyons. C'est bizarre d'être couché si près de Zach, de l'entendre respirer à côté de moi. C'est intime comme ça ne l'a jamais été avec personne. J'ai passé la moitié de la nuit à vouloir le toucher et l'autre moitié à flipper de le faire. Il ne s'est rendu compte de rien, comme d'habitude. Il dort comme un gros bébé.

À Folk Fest, la plupart des gens se couchent tard et font la grasse matinée. À mon réveil à six heures, il n'y a pas un rat. Zach est écroulé à mes côtés, les bras et les jambes étalés et prenant la moitié de la tente. Je le laisse dormir et je me dirige vers la douche. C'est un genre de douche de vestiaire, ouverte, avec quatre jets. Zach m'a prévenu qu'il y aurait la queue plus tard dans la matinée. Je veux la prendre avant l'heure de pointe.

Il y a un autre type avec moi. Un grand costaud, au moins une tête de plus que moi. Les cheveux courts et bruns et un corps à pleurer. Beau comme un dieu et sûrement plus hétéro tu meurs. J'essaie de pas le reluquer.

— Sympa de passer avant la foule.

— Ouais.

Pendant qu'on s'habille, je lui demande :

— Vous savez où je pourrais trouver du café ici ?

— Oui. D'ailleurs j'y vais.

Il me tend la main.

— Je m'appelle Matt.

Je ne sais pas trop pourquoi il se présente, mais je lui prends la main et réponds :

— Angelo.

— Suis-moi, Angelo. Je vais te montrer le meilleur café de Lyons.

Je n'avais pas vraiment eu l'intention d'aller où que ce soit avec lui, mais bon. Il fait un peu grosse brute, mais sans me mettre mal à l'aise. Il me guide dans la rue jusqu'à un café, indépendant en plus. Pas une chaîne. On commande notre café avant de s'asseoir dehors.

— C'est la première fois que tu viens ici ? demanda-t-il.

— Ouais.

— Moi aussi. Tu es là tout seul ?

— Non. Mon ami dort encore.

— Le mien aussi.

Il plisse les yeux comme s'il voulait rire mais sans savoir comment.

— Qu'est-ce que tu en penses jusqu'ici ?

— La bouffe est bonne.

Cette fois il rigole pour de bon.

— Mais la musique est naze !

Ça me fait sourire.

— Ce n'est pas ce que j'écoute d'habitude.

On bavarde une bonne heure, surtout à comparer les stands de nourriture qu'on a essayés jusqu'ici – il préfère le grec au curry – et quels groupes étaient supportables. Enfin, il déclare :

— Je devrais y aller. Jared est peut-être debout maintenant, et je lui ai promis du café.

C'est assez prévenant comme idée, alors j'en commande pour Zach aussi.

— On devrait s'asseoir ensemble, dit-il sur le chemin du retour.

Je ne trouve pas de raison de dire non. Quand même, ça me rend un peu nerveux. Je m'inquiète toujours de ce qui va se passer quand les gens découvrent que je suis homo. Je ne sais jamais trop s'il faut que je me cache ou si je dois juste agir normalement.

On s'arrête pour récupérer Zach. Il vient de se lever et il est ravi du café. Matt nous guide là où son pote et lui ont une couverture, à mi-chemin de la scène.

Jared a l'âge de Zach. Il fait à peu près un mètre quatre-vingt, il est mince et élancé, mais il a les jambes musclées. Des cheveux bouclés, blond foncé et désordonnés encadrent son visage. Yeux bleus. Taches de rousseur sur le nez. On dirait un surfer. Sauf bien sûr qu'on est vraiment loin des vagues. Mignon comme tout. Et clairement homo.

Matt s'assoit près de lui, lui tend un café. Je sais que je les dévisage. J'essaie de trouver une façon diplomatique de demander s'ils sont ensemble. Je n'aurais jamais imaginé que Matt soit homo, mais maintenant que je fais attention, il est clairement assis plus près de Jared qu'un hétéro le ferait. Ça doit être écrit sur ma figure parce que Jared me sourit soudain et dit :

— Personne ne s'en rend compte, avec lui.

Matt lève les yeux au ciel.

Zach et Jared sont tout de suite les meilleurs copains du monde. Ils bavassent pendant des heures à propos des autres festivals qu'ils ont fait et des groupes qui étaient là l'année dernière. Matt me sourit.

— Tu vois, ce sera très bien. Ils vont écouter la musique, nous on n'aura qu'à boire et dormir.

Ils vivent dans une petite ville de montagne à moins d'une heure d'ici. Matt est flic. Sans blague. Autant qu'il se le fasse tatouer sur le front. C'est tellement évident. Jared est prof. Zach est un peu jaloux de leur relation, ça se voit, parce que c'est clair comme de l'eau de roche qu'ils sont dingues l'un de l'autre. N'empêche, Matt fait vraiment pas le genre. Sérieusement, Jared et lui n'arrêtent pas de se charrier au sujet de foot américain !

— Tu es le plus hétéros des homos que j'aie jamais rencontré, lui dis-je avant de m'en rendre compte.

Il hausse les épaules et Jared se marre.

— C'est vrai qu'il fut un temps où Matt a souffert d'un sérieux cas d'hétérosexualité !

Je ne peux pas m'empêcher de rire aussi.

— Sérieux ? Je ne savais pas que ça se guérissait !

— Je n'en étais pas certain non plus, mais apparemment oui.

Il se retourne vers Matt.

— C'est arrivé comment, au fait ?

— Jalousie.

Jared hausse les sourcils.

— Vraiment ?

Matt lui attrape une poignée de cheveux, puis se penche pour déposer les lèvres dans son cou, juste sous son oreille. C'est la première fois que je le vois toucher Jared, et voilà qu'il lui fait presque un suçon, en plein milieu de tous ces gens.

— Je l'ai vu faire ça, dit-il, et j'ai su alors que je ne voulais plus jamais qu'un autre homme le touche comme ça.

Il l'embrasse et ajoute :

— Personne d'autre que moi.

Jared est rouge d'embarras, mais il a aussi l'air ravi.

— Cole ne m'a jamais tiré les cheveux, dit-il d'un ton taquin.

Matt rigole et le lâche.

— Je savais bien qu'il y avait un truc pas net chez ce type !

Ça se passe comme il l'avait prévu. Zach et Jared passent la journée à décider quels groupes écouter, à aller et venir entre les deux scènes, comparer qui leur a plu ou non. Matt lit beaucoup et je somnole au soleil. Quand l'un de nous deux s'ennuie trop, on va traîner dans le festival ensemble un moment, puis on rapporte de quoi manger et de la bière à Zach et Jared.

64

Alors qu'on se balade, je finis par lui poser la question qui me brûle les lèvres :

— Tu étais hétéro avant Jared ?

Il rougit mais répond :

— Oui. Ou du moins, j'essayais dur de l'être.

— Tu l'as vraiment choppé avec un autre mec ? Laisse-moi deviner, un ex ?

Il hausse un sourcil et sa bouche tremble presque à en former un sourire.

— Pas vraiment. Cole n'était pas son ex. Plus un ami faisant aussi plan cul. Deux mois plus tôt, le jour de l'anniversaire de Jared, en plus, j'avais un peu trop bu et je lui ai fait des avances. C'était un peu accidentel. Je sais combien ça a l'air idiot, mais…

Il haussa les épaules.

— Bref, après coup j'ai flippé et je suis parti. Je ne l'ai pas vu pendant longtemps. Mais je me suis rendu compte combien il me manquait, alors je suis allé le voir. J'avais l'intention de lui sortir un beau discours du style 'restons amis'.

— Mais ce type, Cole, était là ?

— Oui.

— Alors il s'est passé quoi ?

— Rien en fait. Cole m'a laissé rentrer. Il a même flirté avec moi. Puis Jared est sorti de la salle de bain, tout mouillé de sa douche, dans un pantalon de jogging et rien d'autre. Je n'arrivais à penser à rien d'autre qu'à ce qui s'était passé avant que je frappe à la porte. Et je les aurais tués tous les deux.

Il sourit un peu et me jette un regard embarrassé.

— J'avais envie de casser la gueule à Cole, qui fait à peu près ta taille. Il pèse peut-être soixante kilos avec ses bottes. Des bottes probablement roses.

Ça me fait rigoler, alors il rigole aussi, un peu, avant de reprendre.

— Mais je savais aussi que je n'avais aucun droit d'être fâché, tu sais ? Je me suis rendu compte que Jared et moi, on pouvait être 'que des amis', mais qu'il aurait alors des amants, et je n'aurais pas mon mot à dire. Alors ça, ça m'a fait basculer. La jalousie est une arme puissante, Angelo.

On retourne à la couverture où Zach et Jared sont assis. Zach lève les yeux vers Matt.

— Jared dit que tu détestes le festival.

Matt hausse un sourcil et répond d'un ton léger :

— Pas tout.

— Qu'est-ce qui te plaît ?

— La nourriture est bonne, dit-il avec un coup d'œil à Jared. Et les activités nocturnes.

Comme d'habitude, Zach a un train de retard.

— Tu veux dire les têtes d'affiche ?

Les yeux plissés comme s'il allait rigoler, Matt se tourne vers lui.

— Non, ce n'est pas de ça que je parle.

Je suis mort de rire, je ne sais pas qui rougit le plus, Jared ou Zach.

Ce soir-là, Matt et moi laissons Jared et Zach au concert pendant qu'on va manger en ville. La nourriture du festival est bonne, mais on se lasse d'être tout le temps assis par terre. On se retrouve à discuter de plein de trucs pendant qu'on mange, et avant de comprendre, je lui parle de mes parents. Un sujet que je déteste, et voilà qu'en un été, je l'ai abordé avec deux personnes.

Matt me surprend, ceci dit. Il ne me donne pas ce regard que je déteste. Il secoue la tête et déclare :

— Il y a des gens qui ne devraient pas être parents.

Vue la façon dont il le dit, il ne parle pas que des miens. Bizarrement, après ça, je sais qu'on va être amis. Pas juste des potes qui traînent ensemble, mais de ceux qui se comprennent vraiment, vraiment. C'est nouveau pour moi. Même Zach ne pige pas complètement, pas comme ça.

On passe aussi le dimanche avec eux. Dans l'après-midi, Matt et Zach discutent de De A à Z.

— Il est condamné, pour dire vrai, déclare Zach. Les petites boutiques comme la mienne sont coulées par les grandes corporations. Il y en a une à tous les coins de rue.

— Pas au coin de la nôtre, répond Matt. On n'a pas de vidéo club à Coda.

— Vraiment ?

— Vraiment. C'est dommage, d'ailleurs.

— Je devrais peut-être déménager là-bas ! plaisante Zach.

— Peut-être que oui, rétorque Matt, sans vraiment plaisanter. On a même un emplacement à te proposer.

Il se tourne vers Jared qui hoche la tête.

— C'est vrai. Ma famille tenait une quincaillerie. Elle est fermée maintenant. Mais on a toujours le bâtiment. Il est vide.

Zach rit.

— J'y réfléchirai !

Zach…

Passer le week-end avec Jared et Matt fut fantastique. Jared et moi avions beaucoup en commun. Nous avions à peu près le même âge et grandi tous les deux dans le Colorado. Nous avions tous les deux fait notre coming out à l'université et avions eu la chance d'avoir des familles qui l'avaient bien pris. Nous avions aussi été surpris de la rapidité et la facilité avec laquelle Matt et Angelo s'étaient liés d'amitié. C'était comme si Matt avait attendu un petit frère à adopter et qu'Ang' avait été l'heureux gagnant. Je ne me serais pas attendu à ce qu'Angelo accepte le rôle aussi volontiers. Toutefois, ça avait l'air de leur convenir. Ils s'étaient beaucoup plus amusés au festival que s'ils ne s'étaient pas rencontrés.

Nous restâmes tous assez longtemps pour voir Ellis jouer le dimanche, puis il fut temps de rentrer à la maison. Angelo et Matt échangèrent leur numéro de téléphone, se promirent de s'appeler si l'un ou l'autre se trouvait 'dans le coin', puis ce fut terminé. Angelo et moi montâmes dans la voiture puis rentrâmes à Denver. Angelo bavardait comme une pie. Ça se voyait qu'il était heureux d'être venu.

Nous étions à mi-chemin lorsqu'il me posa la question que j'avais attendu tout le week-end.

— Qu'est-ce qui s'est passé, avec Tom ? Il s'est dégonflé, ou quoi ?

— Je lui ai dit que ma sœur venait.

Bien sûr, il en fut surpris.

— Lauren ? Je croyais qu'elle habitait à Chicago.

— Effectivement.

Je m'interrompis une minute. Je savais qu'on en viendrait à cette conversation, mais je ne m'étais jamais décidé sur ce que j'allais dire à Angelo. Maintenant que le moment était arrivé, je me résolus à tout lui raconter.

— J'ai réfléchi à ce que tu m'as dit, Ang'. Je me suis demandé si tu n'avais pas raison. Alors j'ai voulu savoir s'il venait pour passer du temps avec moi ou juste tirer un coup.

— Alors ?

— Alors il n'avait clairement pas envie de venir s'il n'avait rien en retour. Ça a répondu à ma question.

— Merde, Zach, je suis désolé.

Il avait beau détester Tom, il se sentait mal pour moi.

— Ce n'est rien.

Ce que je ne comprenais pas dans l'histoire, c'était pourquoi il avait prétendu qu'on était un couple. Il aurait pu franchement dire qu'il cherchait un plan cul régulier, j'aurais probablement accepté. Cela dit, il n'avait jamais été fantastique au lit non plus. Oui, il m'excitait, mais comme amant il n'était pas vraiment généreux. C'était toujours à moi de le satisfaire, éventuellement de me satisfaire au passage. Au bout du compte, coucher avec lui ne valait pas le sacrifice de ma fierté.

— Il s'est passé quoi, alors ? Tu lui as dit d'aller se faire foutre ?

— Pas tout à fait.

Son expression désapprobatrice ne m'échappa pas.

— Je n'en ai juste pas eu l'occasion, me défendis-je, c'est tout. Il a appelé pour annuler, comme je m'en doutais. Ça s'est arrêté là.

— Alors tu vas continuer à le voir ? demanda-t-il, incrédule.

— Non.

Il se détourna pour regarder par la fenêtre, mais je vis bien qu'il souriait.

Le lundi matin, Ruby débarqua à la première heure. Elle avait l'air troublé.

— Zach, j'ai eu une vision ! lança-t-elle immédiatement.

— Est-ce que c'était un rêve, commença soudain Angelo avec un sourire malicieux, où tu t'es vue dans une sorte de tunique de dieu du soleil, sur une pyramide où des centaines de femmes nues hurlaient en te lançant des petits cornichons ?

Ruby et moi le regardâmes bouche bée.

— Bien sûr que non ! répondit Ruby, dédaigneuse. Pourquoi poses-tu une telle question ?

— Je me demandais, c'est tout.

Il la regardait, mais il avait tourné un DVD vers moi. *Profession : Génie*. Je n'avais aucune idée de ce que cela voulait dire.

Ruby secoua la tête puis s'adressa à moi.

— Il y avait un oiseau. Il a essayé d'atterrir sur ta main mais un cheval géant l'a effarouché.

Comme d'habitude lorsqu'elle exposait ses visions, je ne savais pas quoi répondre. Je me contentai de sourire.

— C'est fascinant.

Elle hocha la tête sagement.

— J'espère que tu n'as pas l'intention de faire d'équitation ce week-end.

Avant de que je réponde, Nero Sensei surgit, essoufflé.

— La décapotable bleue garée devant chez Jeremy appartient-elle à l'un d'entre vous ?

Ce qui signifiait qu'un des gamins avait encore vomi du balcon.

— J'espère que la capote était mise, dit tranquillement Angelo.

Sensei secoua la tête tandis qu'il ressortait.

— Oui mais elle est souple, Tim a bu du jus de canneberge avant le cours. Il va y avoir une tache.

Ruby suivit Nero. Angelo se tourna vers moi. Il avait les yeux pétillants et souriait d'une oreille à l'autre.

— Meilleur job que j'aie jamais eu !

Je fus forcé de lui rendre son sourire.

TROIS JOURS plus tard, Tom passa au vidéo club.

— Salut, bébé. Tu m'as manqué, ce week-end.

— Oh, je n'en doute pas.

Il n'eut pas l'air de remarquer mon sarcasme. Il se rapprocha et fit mine de passer un bras autour de ma taille. Je reculai d'un pas, hors de sa portée. Ça ne me semblait pas correct d'avoir cette conversation devant Angelo.

— On devrait peut-être discuter dans le bureau.

— *Non !* s'exclama Angelo, quelque chose comme de la panique dans la voix.

Un éclair de colère traversa le visage de Tom, puis il sourit à nouveau.

— Bien sûr, bébé. Ça me paraît une très bonne idée.

— Non.

Cette fois Angelo semblait plus calme. Tom lui tournait le dos, il prononça en silence :

— Ne lui fais pas confiance.

Puis tout haut :

— C'est moi qui vais dans le bureau.

Une fois la porte fermée derrière lui, Tom fit à nouveau mine de m'enlacer. Je l'évitai.

— Tom, nous devrions cesser de nous voir.

Il se figea sans perdre son sourire.

69

— Qu'est-ce que tu veux dire ?

— Je ne crois pas qu'on aille quelque part. On n'a rien en commun. On ne passe jamais de temps ensemble. De toute évidence, toi et moi voulons des choses différentes.

Son sourire avait disparu. Il n'était plus beau du tout. Il avait l'air furieux.

— C'est à cause de lui, c'est ça ?

— Qui ? demandai-je, stupéfait.

Il me montra le bureau.

— Lui ! Ton petit chien ! Qu'est-ce qu'il t'a dit sur moi ?

— Angelo n'a rien à voir là-dedans, répondis-je, troublé.

— Conneries !

Il me cracha presque le mot à la figure.

— Quoi qu'il ait dit, il ment !

— Il n'a jamais rien dit sur toi.

Ce n'était pas tout à fait vrai, mais j'étais certain qu'il ne parlait du fait qu'Angelo l'avait traité de connard.

— C'est lui ! C'est lui qui m'a fait des avances !

Rien n'aurait pu me surprendre plus. Angelo n'aurait jamais rien fait de la sorte, je n'en doutais pas.

— Angelo t'a fait des avances ? demandai-je, sceptique.

Il prit l'air triomphant.

— Oui !

Il mentait. Pourtant, vue toute cette fumée, il devait y avoir un feu quelque part. Mais je ne pouvais clairement pas croire en sa version des événements.

— Hé, Ang' ! Je peux te parler un instant ?

La porte s'ouvrit et il sortit, visiblement surpris que Tom soit encore là.

— Qu'est-ce qu'il y a ?

— Tom a dans l'idée que tu m'as dit quelque chose sur lui.

— Tu veux dire, cingla-t-il, en dehors du fait que c'est un connard ?

Je n'arrivais pas à croire qu'il ait sorti ça, je ne pus retenir un sourire. Tom passa par dix nuances de rouge au moins, l'air prêt à tout casser.

— Oui, plus que ça apparemment. Comme quoi tu lui aurais fait des avances.

Le regard d'Angelo brilla de colère. Mais pas de culpabilité, comme dans le cas où Tom aurait dit la vérité.

— Tu crois que j'aurais fait un truc pareil ?

70

— Non.

— Putain de sale menteur ! hurla Tom.

— Ang' ?

Il me regarda droit dans les yeux.

— Je sais de quoi il parle. Je ne te l'ai pas dit parce que je ne voulais pas te blesser.

Je n'eus pas le temps de réfléchir à ce qui avait pu se passer. Tom m'attrapa le bras. Je me retournai vers lui. Il souriait, mais d'un air mauvais, il avait seulement l'art diabolique. Le ton de sa voix fut méchant lorsqu'il dit :

— Tu te trompes, Zach. Tu as dit qu'on ne veut pas la même chose. Mais tu te trompes. On veut la même chose. On veut tous les deux que tu gardes ton vidéo club.

— Sale enfoiré de connard de mer…

J'interrompis Angelo qui, derrière moi, démontrait un talent impressionnant pour enchaîner tous les gros mots de son vocabulaire en une seule phrase, et demandai à Tom :

— Tu es sérieux ?

— Absolument.

— Je n'y crois pas.

— On en a parlé le premier soir, tu ne t'en souviens pas ?

Je repensai à notre premier rendez-vous. Je tentai de me rappeler exactement ce qu'il m'avait dit, mais impossible. Tout ce dont je me souvenais, c'était combien il m'attirait.

Je finis par retrouver ma voix.

— Tu es en train de dire que je peux rester tant que je te laisse me baiser.

Il sourit et posa la main sur ma joue, effleura mes lèvres du pouce et murmura à mon oreille :

— On n'a pas à baiser. Je me contenterai très bien de ta si jolie bouche.

Je le repoussai et me détournai. Je dus réprimer mon envie de vomir. Je songeais à moitié à me soulager sur ses chaussures.

Quelque chose me dépassa soudain. Lorsque je levai les yeux, Angelo poussait Tom brutalement vers la porte.

— Casse-toi, connard !

— Fais gaffe, petite merde !

Angelo marcha vers lui, jusqu'à ce que leur torse se touche et qu'ils soient nez à nez. En tous cas ils l'auraient été si Angelo avait été plus grand.

71

Là, c'était plus nez à menton. Ça restait impressionnant. Tom recula même d'un pas et se cogna contre le mur derrière lui.

— Répète un peu ça, connard.

— Je n'ai pas peur de toi, répondit Tom mais le léger tremblement dans sa voix suggérait le contraire.

Angelo lui sourit, du genre sourire mauvais.

— Ah ouais ? Peut-être que tu devrais, petit blanc.

— Tu me menaces ?

— Pas si con, hein, finalement ? Laisse-moi te donner un conseil, trou du cul. Casse-toi de là. Tu reviens, ma clique et moi on va te trouver et tu vas le regretter.

— Je pourrais prévenir la police !

— Et leur dire quoi ? Que tu fais chanter sexuellement tes locataires homos ?

— Ils ne te croiront pas.

Tom avait sans doute raison.

Le sourire d'Angelo se fit encore plus mauvais.

— J'ai des preuves.

Sans se détourner de Tom, il indiqua la caméra de surveillance dans un coin. Celle qui n'avait jamais été rallumée après le départ de M. Murray, à l'époque des cassettes vidéo. Mais ça fonctionna. Tom devint pâle comme un linge. Angelo continua :

— On a tout enregistré, mec. Alors vas-y, envoie les flics, qu'on discute un peu.

— Écoute, commença Tom, une note de panique dans la voix. Je crois qu'il y a un malentendu. Tout ce que je voulais…

— On sait exactement ce que tu voulais. Je ne vais pas le répéter : casse-toi.

— D'accord.

Tom leva les paumes en signe de reddition.

— Très bien. Je m'en vais.

Angelo recula d'un pas et montra la porte. Tom alla l'ouvrir, puis se tourna vers moi.

— Tu auras de mes nouvelles.

Puis il partit.

... Angelo

TOM S'EST enfin tiré. Je me tourne vers Zach, qui me regarde comme si j'étais son héros. Et de voir son expression, ça me donne l'impression de pouvoir soulever des montagnes. D'accord, je suis aussi au septième ciel rien que de savoir qu'il a enfin foutu ce trou du cul dehors. Mais j'essaie de prendre l'air dégagé.

— Quoi ?

J'ai eu un peu peur qu'il soit déprimé d'avoir perdu Tom, mais il me sourit.

— 'Petit blanc' ?

Je hausse les épaules.

— Ça sonnait bien sur le coup.

— Ta 'clique' ?

— Non, je déconnais. Je n'ai jamais fait partie d'un gang.

Il secoue la tête. Il me regarde toujours avec quelque chose comme de l'émerveillement sur son visage. Je me sens rougir.

— Je me suis battu plein de fois, et encore plus presque battu. Tout est dans l'attitude. Faut juste jouer les durs.

— Et si ça n'avait pas marché ? S'il t'avait frappé ?

Je lui fais un grand sourire.

— Sensei a dit : 'Grand comme une porte, vif comme un glacier'.

Il penche la tête d'incompréhension, sérieusement.

— Quoi ?

Je secoue la tête.

— Laisse tomber, va. C'était une blague. Qui n'a servi à rien, apparemment.

Ça me fait toujours autant marrer que Zach soit toujours à la traîne. Par contre, on ne s'est probablement pas débarrassés de Tom pour de bon.

— Il va te causer des emmerdes. Tu le sais, hein ? Il ne va pas mettre longtemps à piger que même si la caméra était allumée, il n'y aurait pas eu le son.

— Oui, je sais.

Il n'a pas l'air de vouloir y penser pour le moment.

— De quoi parlait-il, Ang' ?

— De rien.

Mais vu son expression, il ne va pas lâcher l'affaire. Je ne veux pas lui dire que Tom croyait qu'on couchait ensemble. J'ai peur qu'il voie que je voudrais que ce soit vrai.

— Ce jour où tu es arrivé en retard, il faisait son connard, c'est tout. Il a dit que si je lui disais non, il te raconterait que j'avais proposé de le faire contre de l'argent.

Zach eut l'air horrifié.

— Je ne l'aurais pas cru !

— Je sais, Zach.

Je veux plus en parler. Je sors une boîte pleine de films de sous le comptoir.

— Mate-moi ça. J'ai oublié de te les montrer tout à l'heure. Je les ai achetés à un gosse qui habite sur le même palier que moi. Il a dit que ça venait de son oncle. C'est un tas de films de pirates. Gregory Peck. Burt Lancaster. Un tas d'Errol Flynn. Je n'en ai même pas vu la moitié. Il faut que je fasse de la place sur les rayonnages.

— Tu les as achetés pour le vidéo club ?

Je ne comprends pas pourquoi ça le surprend.

— Bien sûr, pourquoi sinon ?

— Tu en as eu pour combien ? Il faut que je te rembourse.

— Ne t'inquiète pas pour ça.

En vérité, le gamin n'avait aucune idée de son trésor. Il m'a vendu toute la boîte pour vingt dollars.

— Merci, Ang'.

Le ton de sa voix me prend de court. Comme s'il était vraiment touché. Et quand je lève les yeux, on dirait qu'il veut me serrer dans ses bras. J'ai l'impression que je vais fondre, et de bonheur en plus, juste parce qu'il a ressenti un truc pour moi à cet instant. Je sais que ça n'a rien à voir avec mes sentiments pour lui. Ça me tue d'être aussi dingue de lui. Ce serait plus facile si je pouvais appuyer sur un bouton en moi pour les couper. Je déteste guetter ces instants où un truc que je fais le rend heureux.

— Est-ce qu'on va en regarder un ce soir ?

— Tu as décidé comme ça que je venais ?

J'essaie juste de retrouver l'équilibre.

— Seulement si tu veux.

— Non.

— Non, tu ne veux pas venir ?

J'ai dit ça ?

— Non, j'ai choisi un autre film pour ce soir.

— Alors tu viens ?

Putain des fois, c'est comme si on ne parlait pas la même langue.

— Ce n'est pas ce que je viens de dire ?

Alors après avoir fermé De A à Z, on va chez lui. On s'arrête en chemin prendre la bouffe Thaï. C'est une mauviette alors il ne commande rien de pimenté. D'après lui, ce que je mange est tellement fort que ça devrait avoir une clause exonératoire de responsabilité. Il l'a dit une fois, mais il rigolait. Rien que l'odeur le fait flipper. Ça me fait marrer.

Une fois qu'on est assis par terre autour de la table basse, moi avec une bière, lui avec un verre de vin, je lance le film.

— C'est un autre film classique culte ?

Il me pose toujours cette question. Depuis que lui ai fait voir *THX 1138*. Il n'a rien pigé à celui-là. Depuis, j'essaie d'être un peu moins original.

— Non, celui-là est moderne. *V pour Vendetta*. Tu l'as vu ?

Il me regarde droit dans les yeux et sourit. Mon cœur s'arrête de battre un instant, juré.

— Bien sûr que non.

Je ne peux pas m'empêcher de lui rendre son sourire.

— Il devrait te plaire.

J'ai raison, bien sûr. À la fin, il se tourne vers moi.

— J'ai adoré celui-là.

Il a l'air stupéfait.

— Je l'ai choisi pour toi. Le sujet, c'est de se défendre tout seul. Pas que ça bien sûr. Ça parle de tyrannie et de ce qui se passe quand les gens échangent leur liberté contre leur sécurité. Mais c'est aussi sur la décision de se battre pour ce qu'on veut.

Je le regarde. Droit dans ses magnifiques yeux bleus.

— Il faut que tu décides pour quoi tu veux te battre, Zach.

Zach…

LA VIE reprit son cours, du moins pour quelque temps. La clientèle du vidéo club avait augmenté ces dernières semaines. Je savais que c'était à Angelo que je le devais. Il connaissait le nom de chacun et quels films ils aimaient. Ils demandaient toujours des conseils, il les leur donnait toujours. Le fait que les gens arrivaient désormais à trouver ce qu'ils cherchaient n'y était pas non plus pour rien.

Tom appela une fois. Je vis son nom s'afficher et ne répondit pas. Il laissa un message.

— Salut, bébé. Je prépare les contrats de location cette semaine. Je veux te donner une dernière chance. Appelle-moi et tout peut s'arranger. C'est promis.

Je ne le rappelai pas.

Deux semaines plus tard, je reçus le nouveau contrat par courrier. Mon loyer avait presque doublé. Si je ne signais pas, je devais quitter les lieux avant la fin du mois. Ce qui me donnait à peu près deux semaines. Il y avait une petite note dessus où était écrit : *On peut encore s'arranger. Appelle-moi, T.*

— Qu'est-ce qu'on fait, maintenant ? demanda Angelo lorsque je lui montrai le bail.

— Je n'en ai aucune idée.

Ruby et Jeremy entrèrent en même temps.

— Qu'est-ce qui ne va pas ? demanda Jeremy.

— Je me fais expulser.

Il eut l'air choqué, mais Ruby hocha la tête.

— Moi aussi.

— Pas toi, Jeremy ?

Il secoua la tête.

— Non. Tom a dit que le loyer allait peut-être augmenter. Mais le contrat est arrivé aujourd'hui avec le montant habituel. Sensei a dit que le sien a augmenté, mais pas de beaucoup.

Je me demandais malgré moi si c'était une coïncidence que les deux hommes hétéros soient les seuls à ne pas être expulsés. Ou peut-être était-ce plus à cause de la ceinture noire de Sensei et du fait que Jeremy soit conseiller municipal.

— Tu vas te battre contre ce connard ? demanda Angelo à Ruby.

Elle lui sourit.

— Je n'ai pas de raison de le faire, mon petit. J'avais l'intention de prendre ma retraite à Noël et de déménager en Floride avec ma sœur. Ça veut simplement dire que je m'en irai un peu plus tôt.

Le reste de la journée, nous fûmes très peu bavards. C'était comme si nous étions suivi par une créature sombre et menaçante qui attendait le moment où nous baisserions la garde. À la fin de la journée, Angelo frappa à ma porte. Il venait maintenant presque tous les soirs. Je ne prenais même plus la peine de l'inviter. Ça paraissait évident qu'il serait là.

— Je me suis dit que tu aurais envie de compagnie.

— Tu as eu raison.

Il rougit et se détourna.

— Qu'est-ce qu'on regarde, ce soir ?

— *Vol au-dessus d'un nid de coucou*. Je voulais un truc joyeux, mais…

Il haussa les épaules.

— Celui-là m'a paru plus adapté.

Je me souvenais vaguement d'avoir lu le livre au lycée, mais tout ce dont je me rappelais, c'était d'une infirmière blonde à gros seins.

— De quoi ça parle ?

— De gens qui font des trucs dégueulasses pour te contrôler. Mais je crois que ça parle aussi d'espoir.

— Ce sera parfait, Ang'.

J'avais envie de l'étreindre, mais savais qu'il ne le supporterait pas. Alors j'attrapai sa nuque et déposai un baiser sur sa tempe. Il devint écarlate et me repoussa, ce qui me fit rire.

— Je vais commander une pizza.

— Avec des piments.

— Seulement sur ta moitié !

Il était d'une humeur inhabituellement sombre. Il ne rit pas du tout ni ne plaisanta de tout le film. Je ne savais pas si je devais lui parler ou le laisser tranquille. En fin de compte, il se tourna vers moi.

— Qu'est-ce que tu vas faire, Zach ?

— Aucune idée. J'imagine que je vais devoir fermer boutique.

— Tu ne peux pas déménager ?

— Je pourrais. Mais je ne vais jamais trouver un emplacement aussi bon marché que celui-ci. Ma marge n'est pas grande. Je ne sais pas si ça en vaut la peine.

Il avait l'air plus bouleversé que moi.

— C'est vrai, ce que j'ai dit à Matt. C'est incroyable que je n'aie pas mis la clef sous la porte ces…

— Matt ! s'exclama-t-il soudain.

De la façon dont il l'avait dit, je crus une demi-seconde que Matt venait d'entrer dans la pièce. Je faillis me retourner pour vérifier qu'il n'était pas derrière moi.

— Quoi ?

Il devint carrément agité.

— Matt ! Et Jared ! Ils ont un emplacement ! Tu te rappelles ? On devrait les appeler ! Tu devrais aller voir. Jared a dit qu'il était vide. Il appartient à sa famille. Ils te feront peut-être un bon prix. En plus ils ont dit qu'il n'y a pas de vidéo club à Cobra. Ou Cola. Ou j'en sais rien, là où ils vivent !

— Coda ?

— Ouais !

Son excitation était communicative. Je ne pus m'empêcher de sourire.

— Tu es sérieux ?

— Pourquoi pas ?

Il sortit son portefeuille, fouilla dedans et finit pas en sortir un ticket de caisse avec le numéro de Matt.

— Je vais l'appeler tout de suite !

Il disparut un instant dans la cuisine. À son retour, il souriait.

— J'espère que t'as rien de prévu ce week-end.

DEUX JOURS plus tard, nous baissâmes la capote de ma vieille Mustang et prirent la route de montagne en lacets direction Coda. Nous partîmes tôt. La journée était magnifique ; le soleil brillait, le ciel était d'un bleu lumineux. Au fur et à mesure que nous prenions de l'altitude dans les Rocheuses, nous apercevions des bosquets de trembles dont les feuilles changeaient tout juste de couleur.

Angelo affichait sa joie. Je me disais que c'était parce qu'il allait revoir Matt, mais il avait aussi l'air ravi de quitter Arvada. Nous étions presque arrivé à Coda quand il demanda soudain :

— Le parc national des Rocheuses est loin d'ici ?

— Peut-être une demi-heure, lui dis-je. Pourquoi ?

Un sourire aux lèvres, il haussa les épaules.

— Je n'y suis jamais allé.

J'étais sidéré.

— Tu as vécu toute ta vie à Denver et tu n'y es jamais allé ? demandai-je d'un air stupéfait.

Je le regrettai tout de suite. Son sourire disparut. Il eut beau détourner la tête, je vis quand même le rouge lui monter aux joues.

La vérité, c'était que les autochtones allaient rarement jusqu'au parc national. Nous y emmenions les touristes, mais sinon, nous avions tendance à l'oublier. Même moi je n'y étais pas allé depuis plus de dix ans. Lorsque je songeai à son enfance, passée dans des foyers d'accueil, ce n'était pas étonnant que personne n'ait pensé à l'y emmener.

— Tu as du réseau ?

Il me regarda avec surprise.

— Je crois, oui. Pourquoi ?

— Appelle Matt et dis-lui qu'on va être en retard.

Son sourire illumina un peu plus la journée.

Nous n'eûmes pas le temps de faire tout le tour du parc, mais nous parcourûmes la partie basse. J'essayai de ne pas rire à l'expression d'Angelo lorsqu'il vit une horde de wapitis.

— Je ne savais pas que c'était si grand, dit-il avec fascination.

Puis nous fîmes le tour de Bear Lake. Il s'émerveilla de la fraîcheur de l'eau.

— C'était de la neige il n'y a pas si longtemps, lui rappelai-je.

Il se mit à rire. Il s'amusait tellement, comme un enfant, que je regrettais de devoir briser l'enchantement.

— Il faut qu'on y aille, dis-je enfin.

Il hocha la tête sans me regarder.

— J'aimerais revenir un jour et voir le reste, déclara-t-il doucement.

— On reviendra, lui répondis-je.

Il me sourit.

— Merci de m'avoir amené ici, Zach.

Nous reprîmes la route sinueuse de Coda. C'était une jolie petite ville, à un peu moins de deux kilomètres de l'autoroute, nichée entre deux collines couvertes de pins. Nous prîmes une chambre dans un motel – la même, avec deux lits – puis j'appelai Jared.

— Excellent timing ! s'exclama-t-il. Le match commence dans vingt minutes. Allez, venez !

— Quel match? me demanda Angelo quand je lui relayai l'invitation.

Je haussai les épaules.

— Je ne sais pas.

Le sport ne m'intéressait pas beaucoup.

— Du baseball peut-être ?

— C'est la saison ?

— Je crois. La coupe du monde n'est pas aux alentours d'Halloween ?

Il haussa à son tour les épaules.

— C'est aussi la saison du hockey, non ?

Je n'en avais aucune idée.

Jared était sous la douche quand nous arrivâmes. Matt nous ouvrit. Il était couvert de sueur et de poussière. Il me flanqua une tape dans le dos à m'en couper le souffle et étreignit Angelo qui disparut presque dans ses énormes bras.

— Qu'est-ce que t'as foutu à ta jambe ? lui demanda Ang'.

Matt baissa les yeux vers son tibia, qui était tout écorché et où on aurait dit qu'il avait appliqué de la boue.

— Accident.

— Un accident de quoi ?

— De VTT. On revient tout juste.

— Tu t'es cassé la gueule, et après quoi ? Tu t'es roulé dans la boue ?

Il éclata de rire.

— Ce n'est pas loin de la vérité, en fait. Ce n'est pas une balade réussie si tu ne saignes pas.

Il ne dut pas remarquer mon expression horrifiée, parce qu'il demanda soudain avec enthousiasme :

— Vous faites du VTT ?

Angelo et moi nous regardâmes. Il sembla comprendre que ça voulait dire non.

— Dommage. Allez, faites comme chez vous. La bière est au frigo. Il faut que je me lave, le coup d'envoi est dans dix minutes.

— Foot américain ? demanda Angelo.

Matt le regarda comme s'il lui avait en fait demandé si le ciel était vraiment bleu.

— Ouais ! Le premier match de la saison régulière !

Nous le regardâmes sans réagir. Il éclata de rire et disparut dans le couloir.

Angelo se tourna vers moi avec un sourire.

— Quatre homos qui regardent du foot. Quelque part, il y a des poules qui se brossent les dents.

… Angelo

MATT ET Jared s'assoient sur le canapé en face de la télé. Il y en a un autre, mais Zach et moi on fait comme d'habitude, on s'assoit par terre. Matt et Jared sont complètement passionnés par le match. Les Broncos contre les Chargers. J'ai passé ma vie à Denver, alors j'ai forcément entendu parler des Broncos, mais je ne me suis jamais intéressé à eux. Je ne sais pas du tout qui sont les Chargers. Jared est un grand fan des Broncos. Matt prétend qu'il déteste les deux équipes parce qu'elles font partie de l'AFC Ouest. Je ne m'emmerde pas à leur demander ce que ça signifie ni pourquoi ça veut dire qu'il les déteste. Malgré tout, il encourage les Chargers parce que Jared et lui ont parié la vaisselle de la semaine sur le résultat du match. Ils se charrient et se balancent des trucs à la figure. Je suis à peu près certain qu'ils ont complètement oublié qu'on est là.

Zach et moi commençons à un bout du canapé chacun, mais on se rend vite compte que notre bavardage dérange Matt et Jared, alors je vais m'asseoir près de lui. Plus le match avance, plus on se rapproche. Je ne sais pas si c'est moi ou lui qui bouge. Nos jambes se touchent. Son bras est sur le canapé derrière moi. Il se penche pour me souffler un truc à l'oreille. Je sens sa main sur mon épaule qui me tire vers lui.

J'ai tellement envie de lui. Il parle, mais je ne l'entends même pas. Je ne pense qu'à sa main sur mon épaule, sa cuisse contre la mienne, ses lèvres qui touchent presque mon oreille. Il sent si bon. Je veux l'embrasser. Ce serait facile de tourner la tête et de presser ma bouche contre la sienne. Ma main est sur son genou. Je la remonte d'un ou deux centimètres, sur sa cuisse. Il n'a pas l'air de s'en rendre compte. Est-ce que je peux la monter plus haut ? Va-t-il s'en rendre compte cette fois ? Va-t-il me dire d'arrêter ?

— *Touchdown !* hurle soudain Jared, puis il se retourne et saute sur Matt.

Zach et moi, on n'a pas regardé le match, alors on sursaute.

Et voilà, le moment est passé. Zach se moque de Matt et Jared, je retire ma main. Je m'écarte de quelques centimètres. J'essaie de calmer les battements de mon cœur. De cacher mon érection. D'arrêter de l'aimer.

Deux sur trois, c'est pas mal, non ?

On retourne à l'hôtel, on grimpe dans nos lits séparés. Il s'endort presque tout de suite, le souffle lent et régulier. Je reste longtemps réveillé. Je n'arrive pas à ne pas penser à lui. Je voudrais lui montrer combien ça compte pour moi, de m'emmener au parc national. Je sais que pour lui ce n'était rien. Mais personne n'a jamais fait un truc pareil pour moi. Ça me donne juste encore plus envie de lui.

Je pourrais me lancer. Sortir de mon lit. En deux pas être dans le sien. L'embrasser, presser mon corps contre le sien, passer la main sur son ventre nu. Je sais qu'il réagira. Je sais qu'il ne refusera pas. Deux petits pas et il est à moi.

Pour ce soir, en tout cas.

La question étant : et demain ? Est-ce qu'il va en faire un coup d'un soir en riant ? Est-ce qu'il va me donner du 'restons amis' ? Est-ce qu'il va faire comme si rien n'était arrivé et passer le reste du séjour à éviter mon regard ? Tout paraît tout aussi possible. Et insupportable. Ce serait tellement plus simple si je ne l'aimais pas. Quelques nuits ensemble, dans cette chambre, à partager un lit, puis je reprendrai ma vie. Il déménagerait à Coda. Je rentrerais chez moi…

Et soudain je comprends.

On est à Coda pour que Zach décide s'il veut déménager ici ou pas. Et si ça arrive, je ne le reverrai probablement jamais.

Je dois me forcer à respirer. Forcer mon cœur à battre. Comment je vais vivre sans lui ?

Il y a toujours une chance qu'il décide finalement de ne pas déménager. Je m'accroche à cette idée. Mais s'il décide que oui ? On pourrait passer nos dernières nuits à Coda en tant qu'amants. Mais est-ce que ça va rendre les choses encore plus difficiles quand il faudra que je renonce à lui ?

J'y réfléchis longtemps, mais finalement, je reste dans mon lit. S'il ne me reste que deux semaines avec lui, je ne veux pas les gâcher en instaurant un malaise entre nous. Mais je ne vais pas le laisser sortir de ma vie sans le toucher, l'embrasser, coucher avec lui. Si je dois renoncer à lui pour toujours, très bien. Mais je vais m'assurer que notre dernière nuit soit mémorable.

Je me réveille tard le lendemain matin. Quand j'émerge, Zach revient tout juste avec des donuts et du café. La famille de Jared ne peut pas le voir tout de suite alors on passe la plupart de la matinée à flemmarder dans la chambre, en regardant *Les Dents de la mer* à la télé, puis on retrouve Matt et Jared pour déjeuner.

— Tes collègues sont au courant ? demande Zach à Matt.

— Oui.

— Ils ne te posent pas de problèmes ?

Il hausse les épaules.

— Un peu, au début, mais maintenant ça va. L'un des policiers plus âgé refuse toujours de m'adresser la parole, mais ce n'est pas grave. Tous les autres s'en fichent.

— Et ailleurs ? J'imagine que c'est difficile, d'être gay dans une si petite ville.

Jared secoue la tête.

— Ça ne gêne pas la plupart des gens. J'ai vécu ici toute ma vie, sauf durant mes années d'université. À mon avis, ils ont l'habitude maintenant. Ne te méprends pas, ça jasera pendant une semaine ou deux. Mais ils s'en remettront.

On finit de manger, puis Matt annonce qu'il doit aller travailler.

— À demain, dit-il à Zach et moi.

Puis il se tourne vers Jared. Il ne l'embrasse pas avant de partir. Il attrape une poignée de ses cheveux, la tire un peu tandis qu'ils se sourient, les yeux dans les yeux. Le contact ne dure qu'une seconde. Pourtant je vois beaucoup dans ce petit geste : de la possessivité, du désir, de la tendresse et de l'amour. C'est d'une incroyable intimité. Je détourne la tête.

À cet instant, je les déteste tous les deux tellement.

Zach…

APRES LE déjeuner, nous allâmes voir la boutique. Jared était bien sûr présent, accompagné de son frère Brian et son épouse Lizzy. Brian ressemblait comme deux gouttes d'eau à Jared, sauf qu'il avait les cheveux plus foncé et qu'il ne se les était clairement pas coupés durant ces trois dernières années. Lizzy était tout sourire, elle avait les yeux bleus et pétillants, les cheveux blonds et frisés. Je ne pus que l'aimer tout de suite. Il fut aussi immédiatement évident que c'était elle qui commandait. Brian et Jared s'en remettaient à elle pour tout.

La boutique était immense. La salle principale faisait le double de la mienne à Denver, avec des fenêtres tout le long des murs. Il y avait à l'arrière une autre pièce moitié aussi grande, un bureau, deux toilettes et un débarras.

— C'est parfait, commenta Angelo.

Mais il y avait quelque chose dans sa voix, comme s'il était déçu. Il refusa de croiser mon regard quand je l'interrogeai des yeux.

— Nous avons essayé de la louer ou de la vendre, mais personne n'en a encore eu besoin, me confia Lizzy. Elle nous appartient, alors ce n'est pas comme si ça nous coûtait quoi que ce soit de ne pas l'utiliser. Toutefois, nous serions ravis que tu t'installes, Zach. Pourquoi Angelo et toi ne viendriez pas dîner ce soir ? On en discutera.

Je me tournai vers Angelo pour savoir ce qu'il en pensait, mais il ne me regardait toujours pas.

— C'est une très bonne idée, répondis-je donc à Lizzy.

Brian et elle nous quittèrent. Jared insista pour nous emmener. Je tentai de parler à Angelo le temps de rejoindre la voiture.

— Qu'est-ce qui ne va pas ?

— Rien.

Mais il mentait.

— Ce n'est pas vraiment ma décision.

— Ça ne veut pas dire que je me fiche de ton opinion.

Il ne répondit pas et je n'avais plus le temps de lui parler sans que Jared entende.

Il fit un détour sur le chemin pour nous montrer la ville. Nous arrivâmes enfin chez Lizzy et Brian. Lizzy nous accueillit à la porte avec leur fils James,

85

qui n'avait pas un an, dans les bras. Nous fûmes ensuite présentés à la mère de Jared, Susan, et celle de Matt, Lucy. De mes conversations avec Jared au Folk Fest, j'avais retenu que son père était décédé des années plus tôt. Je fus surpris d'apprendre que Lucy vivait avec Lizzy et Brian. Personne ne parla du père de Matt. Je me demandai si elle aussi était veuve.

Angelo était visiblement dépassé par la famille de Jared. Je voyais bien qu'il n'osait pas parler. Il lâcha à peine quelques mots. Il se méfiait de Lizzy, et Lucy et Susan semblaient le terrifier. Cela me rappela sa première rencontre avec Ruby, lorsqu'il avait manqué renverser une étagère pour lui échapper. Cela me parut bizarre jusqu'à ce que je réfléchisse à ce qu'il avait vécu. Passé de famille d'accueil en famille d'accueil… Il ne savait clairement pas comment réagir face à une femme. Je ne voyais pas comment le détendre, surtout qu'il m'évitait moi aussi.

Je regrettai l'absence de Matt. Il aurait su quoi faire.

Enfin, après le dîner, nous nous mîmes au travail. Nous commençâmes par le loyer.

— Il va peut-être falloir que je fasse un emprunt, dis-je à Lizzy. J'ai assez pour la caution, mais entre le coût du déménagement, la caution et le premier mois de loyer de l'endroit où je vais vivre, je vais être ric-rac.

— Tu nous donnes la caution et on te fait les trois premiers mois gratuits.

J'en fus stupéfait.

— Lizzy, je ne peux pas vous demander de faire ça.

— Tu ne l'as pas demandé.

Elle sourit.

— On est donc d'accord.

Elle se leva et quitta la table pour aller dans la cuisine. J'essayais encore de comprendre ce qui s'était passé. Jared me sourit.

— Il va falloir t'y habituer, Lizzy obtient toujours gain de cause.

Après le dessert, Angelo, Lizzy et moi nous serrâmes dans la voiture de Jared pour retourner à la boutique, où était garée la mienne. Maintenant que je m'étais décidé, je voulais revoir l'intérieur, alors nous y retournâmes. Tout se passait si vite, pourtant je ne voyais pas l'intérêt de ralentir. Il ne restait que deux semaines avant que je doive quitter les lieux à Denver.

Dedans, tout devait être repeint. Nous prîmes la décision de commencer dès le lendemain. Je me disais qu'on pouvait préparer la boutique, trouver un endroit où vivre, puis rentrer à Denver assez longtemps pour finir ce qu'il restait à y faire. Plus nous en parlions, plus je m'enthousiasmais. Par contre, Angelo ne disait pas un mot.

— Qu'est-ce que tu vas faire de tout cet espace en plus, Ang' ? lui demandai-je enfin en regardant autour de moi. Tu vas pouvoir doubler notre collection.

Il resta trop longtemps silencieux. Je me tournai vers lui et son expression me surprit. Je ne l'avais jamais vu avec un air si vulnérable.

— Tu crois quoi, que je vais prendre les transports en commun pour venir ?

Ce n'était pas son insolence habituelle. Il semblait blessé. Et furieux.

Je ne savais pas pourquoi il ne m'était jamais venu à l'esprit qu'Angelo ne viendrait pas avec moi. Tout ça, c'était son idée.

Il ne serait pas là ?

Je dus repeindre les images dans ma tête, cette fois sans lui. Ce n'était pas comme si je ne trouverais pas un autre employé. Peut-être même un que j'apprécierais autant que lui. Qui savait tout ce que j'ignorais sur les films. Qui traînerait avec moi après le travail et m'entraînerait dans une conversation où j'aurais inévitablement deux trains de retard, et mangerait son thaïlandais tellement pimenté que ça m'en effrayait.

Soudain, je n'étais plus si excité. Ce qui avait semblé une si bonne idée quelques minutes plus tôt paraissait désormais complètement fou et insensé. Et solitaire. Je ne voulais pas le faire sans lui.

Qu'est-ce qui le retenait à Denver ? Il n'y avait pas de famille, il ne tenait pas du tout à son travail à la station-service.

— Ang', commençai-je.

Les mots sortirent de ma bouche avant que je ne puisse les retenir.

— Je croyais que tu venais avec moi.

Quelque chose s'alluma dans son regard. De la fureur. Ou de la douleur. Ou... quelque chose que je ne pouvais identifier. Quoique ce soit, c'était à mon intention.

— Et pourquoi tu croyais ça, Zach ?

Lizzy se réfugia soudain dans la réserve. Jared resta là.

— Je ne sais pas. Juste, j'ai cru...

— Tu as cru que je viendrais avec toi ?

Le ton de sa voix monta. Il criait presque.

— Tu ne me poses même pas la question ? Tu assumes que j'allais juste lâcher mon job et mon appart'. Tu crois que j'allais juste te suivre ici comme un clébard abandonné ? Comme si j'avais besoin de ta charité ?

— Charité ? Ang', de quoi tu parles ?

— Tu crois qu'il n'y a que toi dans ma vie, Zach ? Tu crois que je n'ai rien d'autre ?

— Ang', je n'ai jamais dit ça. C'est juste que… c'était ton idée, alors…

— Je sais que c'était mon idée, putain !

Et si plus tôt je m'étais dit qu'il criait, là il hurlait carrément.

— Tu crois que je suis trop con pour m'en souvenir ? Que je ne sais pas que c'est moi qui ai suggéré que tu partes ? Tu crois que je ne peux pas faire deux plus deux, Zach ? C'est ça, que tu crois ?

— Non ! Ang' ! Attends !

Mes pensées filaient à toute allure. Je ne comprenais rien de ce qui se passait.

— Des fois, je te déteste, Zach. Je déteste la façon dont tu pars du principe que je vais venir chez toi et que je vais aller quelque part avec toi et que je vais déménager dans cette ville de merde avec toi ! Tu crois que je vais passer ma vie entière le cul par terre à attendre que tu me dises quoi faire ? Eh bah non ! J'en peux plus !

— Angelo, arrête !

Il obéit. Il arrêta de me crier dessus et se prit la tête dans les mains. Je repris avant qu'il ne recommence à me hurler dessus.

— Je suis désolé ! Quoi que j'aie fait, Ang'. Je ne sais pas pourquoi tu es si furieux. Je…

Je réfléchissais à toute vitesse. J'avais toujours un train de retard, avec lui.

— J'aurais dû poser la question, Ang'. J'aurais dû le savoir. C'est juste que, je croyais que c'était ce que tu voulais. Bien sûr que tu n'as pas à déménager. Bien sûr que…

Mais avant que je termine, il se détourna de moi et sortit.

Je restai les bras ballants, à regarder l'endroit où il s'était tenu. Je ne savais pas s'il fallait que je lui coure après. Je ne savais rien. Je me tournai enfin vers Jared.

— Qu'est-ce qui vient de se passer ?

Il secoua la tête.

— Zach, je n'arrive pas à savoir si tu es un connard et un égoïste ou si tu es juste aveugle.

Puis il partit à son tour.

... Angelo

JE PARS. Je décide de marcher jusqu'au motel. De me laisser le temps de réfléchir.

Je sais que je n'aurais pas dû m'en prendre à Zach comme ça. Ce n'est pas sa faute. C'est la mienne. Tout ça, c'est ma faute. C'est moi qu'ai pensé à appeler Matt. Moi qu'ai suggéré que Zach déménage ici.

La nuit dernière, j'étais tellement certain de pouvoir le laisser partir. Mais aujourd'hui, pendant qu'on en parlait, ça m'a bouffé de plus en plus. Je ne veux pas le perdre. Je veux plus qu'une seule nuit avec lui. Toutes ces conneries que je lui ai sorties, j'étais fou furieux parce que tout ça c'est vrai. Il n'y a vraiment que lui dans ma vie. Je n'ai rien d'autre. Je lui ai confié tout mon bonheur, et maintenant il va me quitter.

Je pourrais déménager aussi. Je peux le suivre. Je ne sais juste pas si je devrais. Est-ce qu'il vaut mieux être ici avec lui, le voir sans jamais l'avoir ? Ou est-ce qu'il vaut mieux être tout seul ?

Une voiture s'arrête près de moi. Lizzy.

— Allez, Angelo. Je te ramène.

Je n'ai pas envie, mais je ne veux pas non plus être impoli. Et c'est clair que Lizzy n'est pas du genre à lâcher un morceau. Je monte. Elle ne dit rien de tout le trajet vers le motel, mais au moment où je sors, elle déclare :

— Il finira par comprendre.

— Je ne vois pas de quoi tu parles.

Je mens, bien sûr, mais je ne vais quand même pas en discuter avec elle. Elle fait comme si elle ne m'avait pas entendu.

— Tu sais ce qui est rigolo, Angelo ? J'ai eu exactement la même conversation avec Jared, un jour, au sujet de Matt. Je lui ai dit que Matt finirait par comprendre. Il ne m'a pas cru non plus, mais il aurait dû.

Elle se tourna vers moi et sourit comme une sorte d'oracle à la con qui me donnait sa bénédiction.

— Cette fois aussi, c'est moi qui ai raison.

Je secoue la tête. Je sors de sa voiture. Je rentre dans notre chambre. Je prends une douche brûlante. Je laisse la colère me quitter. Ce qui reste, c'est un trou douloureux en moi, pire que ma fureur. Je me mets au lit et je m'enfouis au fin fond des draps. Quand Zach entre, je garde le silence.

Zach…

ANGELO DORMAIT lorsque je revins à notre chambre. Ou il faisait semblant. Dans tous les cas, il ne voulait clairement pas me parler.

J'avais beaucoup réfléchi aux paroles de Jared. Je ne pensais pas être un connard, alors je devais être aveugle. Il fallait juste que je comprenne ce que j'étais censé voir.

Je n'avais jamais vu Angelo aussi furieux que ce soir-là. Ce qui s'en rapprochait le plus, c'était ce jour avec Tom, quand ce dernier avait lancé son petit ultimatum. Et puis celui où il avait essayé de démissionner de De A à Z. Je n'avais jamais compris ce qui était arrivé. Je luttai pour me souvenir. Que s'était-il passé le jour d'avant ? Je lui avais demandé de venir au Folk Fest avec moi et il avait dit oui. Sauf que Tom avait décidé de venir. Lorsqu'Angelo était parti de chez moi ce soir-là, on croyait que Tom viendrait avec moi et qu'Angelo restait là.

Mais cela expliquait-il sa presque démission ?

Je songeai à certaines des choses qu'il avait dites quand il me criait dessus. 'Tu crois qu'il n'y a que toi dans ma vie, Zach ?'. Bien sûr que non. Pensait-il vraiment que c'était ce que je ressentais ? Pourquoi donc ? Clairement parce que j'avais cru qu'il m'accompagnerait. Je n'aurais pas dû. Pourtant, venir ici était son idée. Il avait dit : 'Tu crois que je ne sais pas que c'est moi qui ai suggéré que tu partes ?' C'était lui qui l'avait suggéré. Mais maintenant que ça se faisait, il était furieux. Contre moi. Parce que je partais.

J'étais vraiment aveugle.

Angelo était amoureux de moi.

Cela semblait impossible. Pourtant c'était logique. Tout ce temps passé avec moi. Sa haine pour Tom. Plus j'y réfléchissais, plus je me rendais compte que c'était ça. Je repensai à la soirée de la veille, lorsque j'avais senti sa main sur ma cuisse. Je n'y avais pas prêté attention sur le moment. Je m'étais dit qu'il ne s'était même pas rendu compte qu'elle y était. Maintenant, je m'interrogeais.

Je fus soudain conscient d'une façon ridicule de sa présence dans la chambre avec moi, dans le lit près du mien. Je sentais l'odeur du shampooing dont il s'était servi sous la douche. Il fallait d'un coup que je sache ce qu'il portait, sous les draps. Je me demandais ce qui se passerait si je me glissais à ses côtés dans le lit et que je le touchais. Je voulais plus que tout l'embrasser. Ma verge se durcit rien qu'à cette pensée.

— Zach ?

Je fis un bond spectaculaire. Je me sentais coupable, comme s'il venait de me surprendre en train de me masturber.

— Oui ?

— Je suis désolé.

— Ang', je ne savais pas…

Qu'est-ce que j'ignorais ? La liste de ce que je ne savais pas une heure plus tôt semblait bien longue.

— Je t'aiderai quand même à peindre, Zach. Et à déménager.

— Ang'…

— Je ne peux pas, Zach. Je ne peux pas.

Je ne savais même plus de quoi on parlait, mais il avait l'air si triste, si découragé. J'aurais voulu être plus intelligent ou plus courageux. J'aurais voulu le rejoindre. Au lieu de ça, je dis simplement :

— Tout ce que tu veux, Ang'.

Une minute plus tard, il dormait vraiment.

LE LENDEMAIN, un malaise planait. Il essayait de faire comme si de rien n'était. Ou peut-être que ça venait de moi. J'étais hyper conscient de tout ce qu'il faisait. De chacun de ses gestes. J'avais un mal fou à ne pas le toucher. Je voulais l'enlacer. J'avais peur de l'enlacer.

Une fois à la boutique, cela empira. Jared rapporta un pack de Dr Pepper et quelques ventilateurs et nous commençâmes à peindre. Même avec les portes ouvertes et les ventilateurs, il faisait chaud. Angelo avait retiré son tee-shirt et je fus surpris de combien ça me distrayait. Au fur et à mesure des heures qui s'écoulaient, il attirait encore et encore mon regard. À notre première rencontre, je l'avais simplement pris pour un petit voyou. Cela avait changé avec notre amitié. Quand même, je me demandais pourquoi il ne m'était jamais venu à l'idée de vraiment le regarder.

Il était mince, mais il avait les bras tendus par des muscles fins. Il avait la peau brune et était très peu poilu. Il avait des éclats d'étoiles tatoués autour du nombril, ainsi qu'entre ses omoplates. Son pantalon tombait sur ses hanches. S'il avait été un centimètre plus bas, j'étais certain que j'aurais pu voir ses poils pubiens. Il peignait le haut d'un encadrement de porte, la tête renversée, car il riait à un commentaire de Jared.

Il était magnifique.

Une goutte de peinture atterrit sur sa poitrine. Je la regardai glisser le long de son torse, sur ses côtes et le plat de son ventre. Cette peinture blanche sur son doux duvet me donna l'envie soudaine et ridicule de la lécher. J'étais certain qu'elle aurait le goût de glace à la vanille. Sa peau serait douce sous ma langue, délicieusement salée. J'imaginais m'agenouiller devant lui, passer la langue sur ses côtes, monter les mains le long de ses cuisses et empoigner ses fesses. Je l'imaginais avec la tête renversée de passion. Je durcis à cette pensée.

— Zach ? appela-t-il soudain.

J'arrachai mon regard à la goutte de peinture, levai les yeux vers son visage. Bon Dieu, voyait-il mon érection ? Il me regardait avec son sourire en coin, l'air incroyablement amusé, mais ça ne devait pas être à cause de l'embarrassant renflement dans mon pantalon. Par contre, Jared, lui, me souriait largement comme s'il savait exactement ce qui se passait.

— Quoi ?

J'avais l'air sur la défensive, alors que ce n'était pas mon intention.

— Tu ne m'as pas écouté ou quoi ?

L'avais-je écouté ? Il avait parlé ? Tout ce dont je me souvenais, c'était de la façon dont la peinture avait glissé sur son ventre. Je dus résister à l'impulsion de baisser les yeux à nouveau.

— Zach, où tu as la tête ? demanda Angelo sur le ton de la plaisanterie.

Jared émit un bruit étranglé. Il essayait de ne pas se moquer de moi. Il fallait qu'Angelo remette son tee-shirt.

— Tu n'as pas froid ? lui demandai-je.

— Non.

Il avait vu la peinture et essayait de l'essuyer. Il avait désormais du blanc étalé sur le ventre. Au moins ça ne ressemblait plus à de la glace.

— Pourquoi ?

— Il fait froid ici.

Pour ma défense, on était enfin tombé en-dessous de 30°.

Angelo me regarda comme si j'étais fou.

— Alors pourquoi tu es en sueur ?

Là, Jared éclata vraiment de rire. Angelo se retourna vers lui sans comprendre. Je fis de mon mieux pour le foudroyer du regard. Il pressa les lèvres et commença à ranger son pinceau.

— Qu'est-ce qui te fait marrer ? lui demanda Angelo.

— Rien, rien.

Mais il luttait clairement pour reprendre son sang-froid.

— Écoutez, il fait vraiment chaud ici. Beaucoup trop chaud pour nous trois. Je ferais mieux d'y aller.

— Déjà ? demanda Angelo. Pourquoi ?

Jared rit à nouveau.

— Je dois aller dire à Matt qu'il a gagné notre pari.

Il se tourna vers Angelo.

— Ang', contrairement à Zach, moi j'écoutais et c'est une super idée.

Angelo eut l'air extrêmement content. Je fus irrationnellement agacé que Jared en soit la cause.

— Cool, lui répondit Angelo. C'est toujours bon pour le dîner ?

— Bien sûr. Vous n'avez qu'à débarquer quand vous êtes prêts.

Il souriait toujours. Il dut me passer devant pour atteindre la porte et à cet instant, dit tout bas :

— Plus si aveugle, hein ?

Je me sentis devenir écarlate.

— À plus tard !

Après le départ de Jared, je me tournai vers Angelo. Il avait recommencé à peindre le haut de la porte. Sa peau s'étirait par-dessus les muscles fins et tendus de ses bras. Il avait redressé la tête. Il y avait une goutte de sueur au creux de sa gorge.

J'étais à nouveau dur.

Il fallait vraiment qu'il remette son tee-shirt.

— Hé, c'est presque l'heure de dîner de toute façon, lui dis-je. Retournons à l'hôtel nous préparer. Je prendrais bien une douche.

Une douche très, très froide.

Il haussa les épaules.

— D'accord.

Il fallut d'abord nettoyer les pinceaux, ou ils seraient fichus à notre retour. Nous nous engouffrâmes dans le débarras et restâmes l'un à côté de l'autre au-dessus de l'évier, pour rincer les pinceaux, les récipients et les rouleaux. Il n'y avait pas beaucoup de place. Son bras ne cessait de frôler le mien. Au moins il avait remis son tee-shirt. Il restait quand même son odeur. Il sentait la sueur, le shampoing et la peinture. C'était incroyablement sexy. Le seul fait d'être à côté de lui m'excitait encore. Il s'était roulé dans des phéromones ce matin-là ou quoi ?

Il parlait encore et j'avais du mal à lui accorder mon attention.

— Ce que je n'ai jamais compris à propos d'*Autant en emporte le vent*, c'est pourquoi Scarlett était aussi dingue d'Ashley, tu sais ? Elle a Rhett dans la poche, et elle pense qu'à Ashley, qui n'est vraiment une putain de mauviette.

— Je ne l'ai jamais vu.

Je regardais ses mains. Il lavait son pinceau, ses longs doigts fins passant entre les poils. Je me demandais ce que cela ferait de les avoir dans mes cheveux. Pendant que je léchais la peinture sur son ventre.

Sérieusement, ça devenait tordu.

Il se retourna et me regarda avec les sourcils haussés de surprise.

— Tu n'as jamais vu *Autant en emporte le vent* ?

Je me forçai à détourner les yeux de ses mains et les levai vers son visage.

— Ça avait l'air d'une bête comédie romantique.

J'essayais d'avoir l'air détendu, parce que bizarrement, je ne l'étais pas du tout.

Il me fit son sourire en coin. Quelque chose se retourna dans ma poitrine.

— C'est un classique. Je n'arrive toujours pas à croire que tu possèdes un putain de vidéo club et que tu n'en as jamais vu un.

De quoi parlait-on, déjà ? Quand est-ce que j'avais cessé de pouvoir avoir une simple conversation avec Angelo ? Il mit ses cheveux derrière l'oreille. Je vis la peau douce sur le côté de sa gorge. J'avais envie d'y poser les lèvres.

— C'est sur la guerre de Sécession, non ? Mais j'ai lu un jour qu'il n'y avait pas une seule scène de bataille, alors je ne l'ai jamais regardé.

— Ça se passe *pendant* la guerre de Sécession, mais ce n'est pas *sur* la guerre de Sécession. C'est sur l'amour.

Il secoua la tête.

— Tu n'as aucun romantisme.

Je ne savais pas pour le romantisme, mais il y avait clairement quelque chose qui grandissait en moi. On aurait dit une révélation. Tout s'éclaircissait. Tout devenait plus net.

Tout ce temps j'avais été aveugle à ses sentiments pour moi. Mais désormais il semblait que j'avais été encore plus aveugle à mes sentiments à moi pour lui. N'était-ce pas moi qui l'invitais à dîner tous les soirs ? Qui l'avait pratiquement supplié de venir avec moi au Folk Fest ? Qui partait du principe qu'où que j'aille, il serait avec moi ? N'était-ce pas moi qui n'imaginais pas déménager à Coda sans lui ? Et même si ça semblait mélodramatique de dire que je ne pouvais pas vivre sans lui, je sus à cet instant que je n'avais pas envie d'essayer.

Je le regardais toujours. Il avait l'air jeune, sauvage et beau, étranger à ce monde. Comment pouvait-il désirer quelqu'un comme moi ?

— Alors, Scarlett n'aime pas Rhett ? demandai-je.

Je m'en fichais, en fait. Je voulais juste qu'il continuer à parler pour que moi je continue à le regarder.

— Pas au début. Même après leur mariage, elle veut toujours Ashley. En fait, elle n'aime pas Rhett avant la fin, mais, dit-il en me jetant un coup d'œil et en rougissant, à ce moment-là il est trop tard.

Était-il trop tard ? Cette pensée fut suffisante à arrêter mon cœur de battre.

— Ang' ?

Il me regarda par-dessous ses mèches. Il fallait que je le touche. J'écartai les cheveux devant ses yeux. Il avait les cils les plus longs que j'avais jamais vus chez un homme. Il ne bougea pas, ne cilla pas. Me regarda simplement.

— Angelo, je sais que j'aurais dû te le demander. Je sais que je me suis comporté comme un idiot. J'aurais dû m'en rendre compte plus vite.

— Je ne suis pas sûr de savoir de quoi tu parles, Zach.

— Je ne sais pas ce qui ne va pas chez moi. Je suis aveugle. Ou stupide. Voire les deux. Forcément. Je ne sais vraiment pas.

— Toujours pas sûr de savoir de quoi tu parles, Zach

Mais sa voix tremblait légèrement.

— Je ne supporte pas l'idée que tu partes, Ang'. Je ne supporte pas l'idée de m'installer ici sans toi.

Il resta un instant silencieux, puis, dans à peine un murmure, demanda :

— Pourquoi, Zach ?

— Parce que.

C'était si clair maintenant. Je savais exactement quoi dire.

— Parce que je suis fou de toi, Ang'.

On aurait dit que je lui avais donné un coup de poing. Il inspira brutalement et ferma les yeux. Je le vis même trembler.

— Je veux que tu emménages ici avec moi. Plus que tout. Et je suis désolé d'avoir pris tant de temps à le comprendre. Mais je le sais maintenant, je veux qu'on soit ensemble.

Je passai un doigt dans son ceinturon. Il me laissa le rapprocher de moi.

— Dis-moi que tu vas rester, je t'en prie, Angelo. Tu es tout ce que je veux. Je n'ai jamais rien désiré aussi fort que toi.

Il ouvrit les yeux, il y avait tant d'espoir dans son regard que j'en eus le souffle coupé.

— Tu crois que j'attends juste que tu te décides, Zach ?

— Non.

Et soudain, il sourit.

— Oui.

Avant que je puisse ajouter quoi que ce soit d'autre, il m'embrassa.

Il avait les lèvres douces et chaudes. Il sentait le Dr Pepper. Il me serrait les épaules. Je passai les bras autour de lui et sentit son corps mince trembler, ses côtes au travers de son tee-shirt élimé.

C'était incroyable de simplement le sentir comme ça, comme si on était destinés l'un à l'autre. Comme si c'était écrit.

Je mourrais d'envie de le toucher encore plus. De nous débarrasser de nos vêtements, de toucher sa peau et de l'embrasser partout. Je remontai son tee-shirt, passai une main dans son dos nu et le sentis frissonner. J'avais tellement envie de lui à cet instant, je ne savais même pas si j'aurais la force d'attendre d'être au motel.

Soudain, il s'écarta et rompit notre baiser. Il avait les yeux brillants, ses lèvres étaient humides. Il sourit.

— Ça fait longtemps que j'ai envie de faire ça.

— Je suis heureux que tu l'aies enfin fait.

J'essayai de le rapprocher à nouveau, mais il s'écarta de moi.

Il secoua la tête, sans cesser de sourire, sans cesser de trembler un peu.

— On nous attend.

Je gémis.

— Tu veux me tuer. Tu n'as aucune idée de ce que tu m'as fait subir aujourd'hui !

Son sourire se fit encore plus lumineux.

— On dirait que non.

Il se retourna et se dirigea vers la porte.

— Allez viens.

Nous retournâmes au motel pour nous doucher. Séparément, à mon grand chagrin. Je ne voulais pas sortir dîner. Tout ce que je voulais, c'était le toucher, le goûter, lui faire l'amour. Il n'avait pas l'air de le remarquer. Il faisait comme si rien n'avait changé. Je commençais presque à me demander si je n'avais pas rêvé.

Nous prîmes la voiture pour aller chez Matt et Jared. Matt était sous la douche. Jared nous fit entrer.

— Vous voulez boire quelque chose ? demanda-t-il tandis que je m'asseyais sur le canapé.

— Du vin, ce serait parfait.

Il se mit à rire.

— J'aurais dû être plus spécifique. Vous voulez une bière ou un Dr Pepper ? Parce que c'est tout ce qu'on a.

Je secouai la tête, mais Angelo répondit :

— Je prends une bière.

Il suivit Jared dans la cuisine. L'architecture de leur maison était de ce style où toutes les pièces sont ouvertes, alors atteindre le frigo ne demandait qu'à faire le tour du comptoir. Mais une fois arrivé là, Angelo passa un bras autour des épaules de Jared, ils baissèrent la tête l'un vers l'autre un instant. Puis Jared éclata de rire, lui tendit une bière et ils partirent ensemble vers le couloir. Matt sortit alors de la salle de bain, une simple serviette attachée autour des hanches, l'air magnifique. Il les regarda lui passer devant et entrer dans la chambre. Il se tourna vers moi avec les sourcils levés. Je haussai les épaules. Ils revinrent quelques secondes plus tard à peine. Angelo avala sa bière tandis que Matt s'habillait, puis nous sortîmes dîner.

Ils nous emmenèrent à une pizzéria. On s'asseyait à peine lorsqu'un homme nous dépassa en murmurant 'sales pédés' juste assez fort pour qu'on l'entende tous.

— Ne vous préoccupez pas de lui, déclara Jared. La plupart des habitants sont sympas. Gerri n'est qu'un trou du cul.

— Dis donc, je croyais que c'était interdit aux pédés, la cantine, lança soudain Angelo.

À ma grande surprise, Matt répondit :

— Possible, mais j'ai l'impression que c'est opération portes ouvertes pour les trous du cul en tout cas.

Ils se sourirent comme des idiots. Jared avait l'air perplexe. Je fus soulagé de voir que pour une fois il y avait quelqu'un de plus paumé que moi.

— Tu lui as dit ? demanda Jared à Angelo lorsque nos pizzas arrivèrent.

Angelo secoua la tête.

— Quoi ? fis-je.

Angelo devint écarlate mais Jared insista :

— Dis-lui ! C'est une bonne idée.

Il se tourna vers moi, prit une profonde inspiration puis se lança :

— Je me disais, il n'y a pas qu'un vidéo club qui manque ici. Il n'y a pas de ciné non plus. Et il y a plein de place. Tu pourrais louer les films devant, et tu pourrais installer un ciné à l'arrière. Pas un vrai, mais de ces nouveaux, là, où les gens s'assoient à des tables et tu leur sers du vin et tout. Tu pourrais projeter des vieux films. Genre, parfois tu pourrais faire des soirées romantiques et passer ces films de John Hugues à la con que tu aimes tant. Tu pourrais trouver un traiteur avec qui bosser et servir à dîner. Et d'autres fois tu pourrais viser les ados et projeter des vieux films d'horreur comme *Les Griffes de la nuit*. Tu pourrais organiser une fête d'après bal de promo et passer *Carrie*. Jared m'a dit aussi que le prof de littérature donne parfois une liste de films et les gosses ont des points en plus s'ils les regardent et font un exposé dessus ou un truc dans le genre. Alors tu pourrais récupérer cette liste et les projeter aussi. Il y a probablement besoin d'une autorisation pour passer des films comme ça, tu aurais aussi besoin d'autorisation pour la bouffe et l'alcool. Mais je te parie que tu pourrais te faire plus de fric avec ça tout en louant les vidéos. Les ados n'ont pas beaucoup de distractions ici. Je suis sûr qu'ils kifferaient.

Il s'interrompit. Je ne l'avais jamais entendu autant parler en une fois. Il rougissait mais il me regardait droit dans les yeux.

— Tu en penses quoi ?

Je voyais exactement de quoi il parlait. Je l'imaginais parfaitement.

— Tu plaisantes ? C'est génial ! Pourquoi tu n'as rien dit ?

— Mais je l'ai dit !

— Même moi j'en ai déjà entendu parler, commenta Matt. Tu étais où ?

Je me rappelai une goutte de peinture blanche coulant sur le ventre d'Angelo.

— Je devais avoir la tête ailleurs.

Matt et Jared nous proposèrent de retourner chez eux après le dîner, je fus alors ravi qu'Angelo refuse immédiatement l'invitation. Il passa tout le trajet du retour au motel à parler de son idée de cinéma.

— Tu pourrais faire aussi une soirée famille, disait-il tandis que je déverrouillais notre chambre. Il y a de la place derrière. Tu l'as vue ? Tu pourrais installer un espace de jeu et engager quelqu'un pour les surveiller pour que les adultes puissent regarder un film pendant que leurs mômes jouent.

Il s'assit sur le lit et se mit à retirer ses bottes et ses chaussettes.

— C'est un risque de procès, par contre. Il faudrait que tu te protèges à cause de, tu sais… c'est quoi le mot légal ?

— La responsabilité civile.

— C'est ça, la responsabilité civile. Tu aurais peut-être besoin d'une dispense ou un truc du genre.

Il se leva et retira son tee-shirt.

— Ce serait naze. En plus il y aurait forcément un gamin qui se ferait mal. Laisse tomber, va. C'était une mauvaise idée.

Il riait.

J'étais toujours appuyé contre la porte, à l'observer. Il s'approcha de moi et me regarda entre ses mèches. Je dégageai son visage, passai le doigt sur ses lèvres.

— J'espère que tu n'es plus fâché contre moi.

Il me sourit.

— Je m'en suis remis.

Il sortit quelque chose de la poche arrière de son pantalon qu'il pressa contre ma main. C'était un flacon de voyage d'huile de massage.

Je lui jetai un regard surpris.

— Tu avais ça sur toi tout le week-end ?

— Je l'ai récupéré ce soir.

— Comment ?

—Jared.

Je me rappelai soudain le moment où ils étaient allés ensemble dans la chambre et gémit d'embarras.

— Oh mon Dieu ! Tu as demandé du lubrifiant à Jared ?

— Ouais. Pourquoi pas ?

— Ça fait bizarre.

Il secoua la tête et me sourit.

— Quand on s'est rencontrés, j'ai cru que tu étais un bourge coincé.

— Et maintenant ?

— Maintenant je sais que tu en es un !

Il se pressa un peu plus contre moi.

— Mais mignon.

— Je te prenais pour un voyou.

— Et maintenant ?

— Je te trouve fantastique.

— Zach ?

— Oui ?

— La ferme et embrasse-moi.

Le sentiment d'urgence que j'avais eu plus tôt dans la journée avait disparu, remplacé par quelque chose de bien plus tendre. J'étais heureux qu'il m'ait fait attendre. Je l'embrassai, enchanté par la façon dont sa bouche s'ouvrit avec empressement sous la mienne.

Nous nous déshabillâmes lentement, sans cesser de nous embrasser et de nous explorer, puis il m'entraîna vers le lit. J'essayais de le toucher partout à la fois. Accroché à moi, il m'attira au-dessus de lui puis en lui. Je n'avais jamais ressenti pour personne ce que je ressentais pour lui à cet instant, quelque chose d'étrangement impatient et de passionné, mais de tendre en même temps.

Il était si mince, j'avais l'impression de pouvoir le briser. Pourtant, il était si fort. Ses jambes m'enserraient la taille, puissantes, et ses bras minces étaient tels des cordes qui m'enserraient. Il avait la tête renversée, son cou long et magnifique invitait les baisers. Quand je baissais les yeux vers lui, je voyais ses côtes, ses hanches et son ventre parfaitement plat. Il ne me paraissait ni trop dur, ni trop osseux. Il me semblait souple, élancé et puissant.

Il était sauvage, passionné, presque violent. J'eus parfois l'impression de pouvoir à peine le retenir, comme si j'essayais de saisir de l'énergie pure. Mais en même temps, il était presque complètement silencieux, même lorsque je donnais des coups de rein. Je pensai involontairement à Tom qui avait toujours l'air de tourner un porno. Angelo n'aurait pu être plus différent. Sans compter sa respiration, il faisait à peine un bruit. Peut-être un cri étranglé ou un doux gémissement, rien de plus. Pourtant, à la façon dont il m'agrippait et s'arquait sous moi, je savais que son silence n'était pas dû au manque de plaisir.

Je n'arrivais pas à me retenir de le toucher. J'adorais la sensation de ses côtes sous mes doigts, de ses omoplates sous mes bras lorsque je l'enlaçais, de son pouls dans sa gorge qui battait contre ma langue. Il était une créature rare, exotique, qui avait atterri dans ma vie comme par magie. J'espérais de tout mon cœur qu'il ne déciderait pas d'en repartir à tire d'ailes.

Après, il resta vidé et somnolant dans mes bras. Il avait les paupières mi-closes et les joues empourprées, les lèvres rouges et gonflées. Il était magnifique ; je crus que mon cœur allait se brisait rien qu'à le regarder.

— Ang', dis-moi que tu ne t'en vas pas.

— Tu crois que je vais aller où ? C'est le milieu de la nuit.

— Tu sais que ce n'est pas ce que je veux dire.

— Non.

— Non, tu ne sais pas ce que je veux dire ?

— Non.

Il me sourit.

— Je ne m'en vais pas.

Je l'étreignis jusqu'à ce qu'il s'endorme en travers de mon torse. Je me demandais si c'était ça, l'amour.

... Angelo

JE ME réveille tôt. On s'est écartés l'un de l'autre pendant la nuit, aussi loin que possible sans se casser la figure. Ni lui ni moi avons l'habitude de partager un lit, faut dire.

Ça fait plus de quatre ans que je ne me suis pas réveillé avec quelqu'un dans mon lit. Et même la dernière fois, la seule raison pour laquelle je m'étais pas enfui avant le matin, c'était que j'étais trop bourré pour rentrer. C'est la première que je reste volontairement pour voir ce qui se passe au matin. J'essaie de ne pas être nerveux.

J'ai un peu mal à cause d'hier soir. Ça fait aussi plus de quatre ans que je n'ai pas laissé un mec me prendre. J'avais oublié cette sensation le lendemain, cette petite douleur sourde qui te rappelle toute la journée ce qui s'est passé. Mais je ne le regrette pas.

Je n'ai jamais rien vécu de pareil à la nuit derrière. Même quand je laissais des mecs me prendre de façon régulière, je n'ai jamais rien ressenti de comparable à ce que j'ai ressenti avec Zach. Comme si nos âmes se touchaient. C'était beau et fantastique et terrifiant. Je me demande si ce sera comme ça à chaque fois.

Je sais que Zach croit qu'il m'aime. Je sais qu'il va le dire. Ce serait trop demander que de réussir à lui répondre. J'espère juste réussir à la jouer cool et pas flipper comme un con.

Personne ne m'a jamais aimé avant. Enfin, j'aime bien me dire que ma mère m'a aimé à un moment. Mais clairement pas assez pour rester. Et quelques-unes de mes mères d'accueil m'ont dit qu'elles m'aimaient, mais jamais assez pour me garder ou rester en contact quand on me bougeait ailleurs. J'ai couché avec d'autres potes. Jamais des amis comme Zach, quand même. Je me tirais toujours avant qu'ils se disent que ça pourrait devenir sérieux. Je n'ai jamais tenu à personne comme je tiens à lui.

Mais même maintenant, il y a une petite voix dans ma tête qui me dit de me tirer avant qu'il se réveille. Cette voix me dit que plus on se rapproche, plus ça va faire mal à la fin. J'essaie de ne pas l'écouter. Je le veux depuis tellement longtemps. C'est du sérieux. Si je ne tiens pas le coup, je vais le regretter. Mais je ne peux pas la faire complètement taire quand même.

Je l'entends bouger. Je n'arrive même pas à me retourner pour affronter son regard. Il m'embrasse la nuque.

— Tout va bien ? demande-t-il tout bas.

Le son de sa voix suffit à me faire sourire. À me faire oublier ce qui m'inquiétait autant quelques minutes plus tôt.

— Oui.

— Super.

Je sais qu'il sourit aussi. Il passe la main sur mon côté, sur mon ventre. Je le sens durcir, et puis moi aussi.

— On peut rester ici toute la journée ?

Je me mets à rire.

— C'est à toi de me le dire.

Il gémit un peu.

— Probablement pas.

— Tu ferais mieux de t'arrêter maintenant, alors !

Je le taquine.

Il se marre.

— Tu as raison.

Il m'embrasse une dernière fois la nuque puis se lève.

— Je vais prendre une douche...

Il laisse sa phrase en suspens. Je sais que c'est une invitation.

— Vas-y.

— D'accord.

S'il est déçu, il ne le montre pas.

Il entre dans la salle de bain et je m'étire sur le dos, en prenant autant de place que je peux. Je me rendors.

Des mains sur mes hanches et des lèvres sur mon ventre me réveillent. Les cheveux de Zach sont encore humides, des gouttes froides tombent sur ma peau. Il est allongé entre mes jambes, sa langue passe sur le tatouage de mon ventre. Je suis tout de suite douloureusement dur.

— Tu es réveillé, dit-il tout bas.

Il descend plus bas. Je retiens mon souffle. Mes hanches s'arquent vers lui. Il s'y attendait, et avant de comprendre, je passe ses lèvres, je sens sa langue autour de mon gland.

Je m'agrippe à ses cheveux avant de réaliser ce que je fais. Je me sens tout de suite coupable, parce que je sais combien je déteste qu'on me le fasse.

— Je peux ?

J'arrive tout juste à le demander.

Il s'arrête et lève les yeux de surprise. Je regrette de pas l'avoir bouclée. Il sourit.

— Bien sûr.

Il met la langue en bas de ma verge, lèche de haut en bas.

— Je peux ?

Je n'y crois pas, il me provoque. Je referme les doigts dans ses cheveux.

— Zach, s'il te plaît…

— Quoi ?

Je pousse sa tête vers le bas. Pas trop brutalement. Pas pour être méchant. Juste un peu et je dis :

— Plus, Zach.

Il me sourit.

— Tout ce que tu veux.

Ses lèvres se referment encore sur moi.

C'est comme si tout était plus intense avec lui. L'eau qui goutte sur mon ventre est assez froide pour me flanquer la chair de poule, mais sa bouche est si chaude. Il passe beaucoup de temps à faire le tour de ma couronne avec la langue, à exciter cette peau tendre sous ma fente. J'ai besoin d'aller plus profond, mais quand j'essaie, il retient mes hanches. J'essaie d'appuyer sur sa tête, mais il ne me laisse pas faire. Il continue à m'exciter le gland, encore et encore, jusqu'à ce que je crie : 'Zach !'. Là je le sens sourire, et la pression sur mes hanches disparaît soudain. Je donne un coup de rein. J'appuie sur sa tête. La soudaine chaleur qui entoure ma hampe est irrésistible. Comme un barrage qui craque. L'orgasme est si violent que je lâche presque un cri. Je me mors la lèvre jusqu'au sang. Je tire si fort sur ses cheveux que j'ai l'impression que je vais les arracher. Il me prend juste plus profond, me tient les hanches pour que je m'écarte pas. Cette délicieuse souffrance me déchire, sort de moi et en lui et il continue à me maintenir, jusqu'à ce qu'il ne reste plus que mes tremblements, et j'essaie de reprendre mon souffle.

Quand je rouvre les yeux, il me sourit. Il m'embrasse, lèche ma lèvre gonflée.

— Tu peux me tirer les cheveux quand tu veux, Ang'.

Il fait mine de se lever, alors je lui attrape le bras.

— Zach, je devrais…

— Il n'y a pas de devoir qui tienne, Ang'.

Il me sourit, mais s'écarte et va chercher des vêtements dans son sac.

— On aura le temps plus tard. Il faut qu'on y aille. On est déjà en retard.

Je n'ai jamais fréquenté quelqu'un qui donne sans vouloir en retour. Ça me donne encore plus envie de faire quelque chose pour lui. Mais il a raison. Matt nous attend. Je m'assoie et je le regarde s'habiller.

— C'est quoi, le plan pour aujourd'hui ?

— On peut finir de peindre, et puis chercher un endroit où vivre.

Je sens de la panique pulser dans ma poitrine, comme un oiseau qui se débat.

— Un endroit où vivre ? je demande bêtement.

— On ne peut pas rester dans ce motel éternellement. Il y a une maison à louer près de chez Matt et Jared, et j'en ai vu une autre dans le quartier de Lizzy, mais on peut probablement pas se la permettre. Ou bien il y a des appartements sur la colline, m'a dit Jared. Ou ceux de l'autre côté de la rue, mais ils ont l'air petit.

Il a l'intention de vivre avec moi ? Cette voix dans ma tête me hurle soudain de m'enfuir à toute vitesse. L'oiseau dans ma poitrine se débat comme un malade. La panique monte si vite que j'ai l'impression qu'elle va m'étouffer. J'ai du mal à respirer.

— Ang' ?

J'ouvre les yeux, il me regarde.

— Tu viens ? On doit y aller.

— Ouais.

Je prends une grande inspiration, je lutte contre la panique. Le temps que je m'habille, j'ai presque oublié l'incident.

Presque. Mais pas tout à fait.

Zach…

JE VOYAIS bien que quelque chose tourmentait Angelo à notre départ du motel. On était dans ma voiture en route pour la boutique quand je finis par demander :

— Qu'est-ce qui ne va pas, Ang' ?

— Rien.

Mais il ne me regardait pas.

— Tu peux m'en parler, tu sais.

— Je ne vois pas de quoi tu parles.

— D'accord.

Je ne le croyais pas. Je voyais bien à la tension dans ses épaules et à son refus de croiser mon regard que quelque chose n'allait pas. J'avais peur qu'il regrette déjà notre nuit.

Une fois à la boutique à peindre, il se détendit à nouveau, mais seulement parce que Matt était là. Il me parlait à peine. J'étais de plus en plus inquiet. Deux heures plus tard, je venais de finir de peindre le petit bureau à l'arrière lorsqu'il entra.

— Je crois qu'on a fini. J'ai dit à Matt qu'il pouvait y aller.

— Très bien. On peut avaler un morceau et puis commencer à chercher une maison.

Il m'évitait toujours des yeux. Nous restâmes là un instant, moi à le regarder et lui à regarder partout sauf vers moi. Je fis un pas vers lui.

— Ang' ?

— Ouais ?

— Dis-moi ce qui ne va pas, s'il te plaît…

— Il n'y a rien.

— Je sais que tu mens.

Il haussa les épaules. Je soupirai.

— Angelo, regarde-moi !

Il s'exécuta et il y avait de la méfiance dans ses yeux.

— Parle-moi.

Il se ratatina un peu.

— Ce n'est pas toi, Zach.

— On dirait quand même un peu.

— Non !

Il s'exclama avec une telle férocité que je me sentis un peu mieux.

Je me rapprochai de lui. Je glissai un doigt dans le passant de son pantalon. Il ne résista pas lorsque je l'attirai vers moi. Je pris son visage entre les mains, écartai les cheveux devant ses yeux pour plonger mon regard dans le sien.

— Est-ce que tu regrettes ce qu'on a fait hier soir ?

— Non !

Il m'attrapa et me força à baisser la tête pour m'embrasser avec insistance. Lorsqu'il s'écarta, il croisa mon regard sans hésitation.

— Je ne regrette rien du tout.

— Tu en es certain ?

Il sourit alors, de son sourire en coin.

— Ramène-moi à l'hôtel. Je vais te montrer à quel point je ne le regrette pas.

Qui suis-je pour dire non à une telle requête ? Je lui rendis son sourire.

— D'accord.

... Angelo

ON REVIENT à la chambre. On arrache nos vêtements et on se jette sur le lit en rigolant comme des gosses. Zach fait comme si on avait tout le temps du monde.

Il n'a peut-être pas tort.

Je me suis tapé pas mal de mecs, mais jamais comme ça. Toujours des types que j'avais choppé. C'était rapide et impersonnel, c'était comme ça que j'aimais. Avec Zach c'est complètement différent. Il ne se grouille pas. Il ne fonce pas vers l'arrivée. Cette fois on a l'impression qu'il veut juste me toucher et m'embrasser, sentir nos sexe se frotter entre nous, jusqu'à la fin. Je m'attends toujours à ce qu'il en veuille plus, mais non. Je commence à m'inquiéter qu'il ne soit pas dedans.

— Tu n'as pas envie de moi ? je finis par demander.

Il rigole un peu, m'étreint de toute ses forces et se frotte encore plus contre moi.

— Bon Dieu, Ang', murmure-t-il. Comment tu peux croire que je n'aie pas envie de toi, là ?

C'est vrai qu'il est dur depuis le début et à l'entendre on dirait qu'il s'amuse bien.

— C'est tout ce que tu veux ?

— Oui.

Il m'embrasse dans le cou, ses mains sont partout à la fois. Putain, c'est trop bon. Comment j'ai pu passer ma vie sans que personne ne me touche comme ça ?

— Je ferai tout ce que tu veux, Ang'. Dis-moi juste, et tu l'as. Mais moi, dit-il tous bas, resserrant les bras autour de moi, oui. Je ne veux que ça. Je ne veux que toi.

Je voudrais lui dire combien je l'aime. Je voudrais lui ouvrir mon cœur et lui montrer. Mais je ne sais pas comment. Alors je l'enlace et me donne complètement à lui. Je veux qu'il possède chaque centimètre de mon corps. Je suis stupéfait de la facilité avec laquelle je me laisse aller et je le laisse prendre les rênes. Avec les autres, il fallait toujours que je mène la danse. Mais pas avec lui. Je lui fais tellement confiance. C'est nouveau pour moi. Je crois que ça me plaît.

Il m'embrasse partout, passe sur tout mon corps. Il me retourne sur le ventre. Il m'embrasse les épaules, le dos, tout le long de ma colonne vertébrale. Il embrasse même l'arrière de mes genoux. Puis il me retourne encore et remonte lentement. Il m'embrasse les cuisses, les hanches et tout autour des poils pubiens. C'est incroyable ce que ça me fait, la façon dont la passion en moi monte encore et encore.

— J'adore ta peau, murmure-t-il en m'embrassant l'estomac.

Je me mets à rire.

— Je crois que personne ne m'avait encore dit ça.

— C'est vrai ! J'adore sa couleur. Sa douceur. J'adore même son goût.

— Salé ?

Je rigole encore un peu.

— Non.

Il me sourit.

— Plus doux.

Il arrive enfin en haut et me prend dans ses bras. Il embrasse le revers de mes poignets, mes paumes. Il me suce un peu les doigts. J'ai l'impression que je vais exploser. Comment un truc aussi bête peut être aussi bon ? Je ne comprends pas. C'est comme s'il trouvait des endroits secrets sur mon corps dont je ne soupçonnais pas l'existence. Des endroits qui n'appartiennent qu'à lui. Je ferme les yeux et je me laisse emporter par la sensation de sa peau contre la mienne. Sa bouche et ses mains qui me donnent encore et encore du plaisir. Nos jambes s'entremêlent, on se frotte l'un contre l'autre. Le rythme se fait précipité, impatient. La délivrance, quand elle arrive, est lente, langoureuse, et carrément intense.

— Tu as l'air tellement surpris, me dit Zach après.

Je le suis, en fait.

— Je n'avais jamais fait ça.

Son expression alors, je ne peux pas la décrire. C'est presque la même que celle des gens qui apprennent pour mes parents. Du choc et de la tristesse. Mais cette fois, il y a aussi de la tendresse, alors ça me dérange pas autant. Il m'enlace et m'étreint.

BIEN SUR, ça ne peut pas durer. Bien trop vite, il se rhabille, parle de rencontrer l'agent immobilier pour les visites. J'essaie de me convaincre que vivre ensemble ne sera pas un problème. Je me sens tellement bien avec lui. Pourquoi on ne devrait pas vivre ensemble ? Ça nous ferait des économies à tous les deux. C'est logique, non ?

Mais je n'arrive pas à m'imaginer visiter des baraques avec lui, comme si on était mariés. Qu'une bonne femme que je ne connais pas nous reluque en essayant de cacher son dégoût. Je le convaincs de faire les visites tout seul. Mieux vaut que je n'y aille pas. J'ai juste à lui faire confiance.

Je fais les cents pas dans la chambre pendant un moment. Et puis je décide que c'est stupide. Je sors m'acheter un pack de bière. Une bouteille de vin pour lui. Je sais qu'il aime le rouge, mais sinon je n'y connais rien alors je ne sais pas du tout ce que j'achète. Je reviens à la chambre et je commande une pizza. Je finis tout juste de la payer quand je l'entends remonter l'escalier. Quand il entre, je suis appuyé contre le mur, à regarder par la fenêtre et me dire pour la millième fois que je peux vivre avec lui.

— Je suis trop content que tu aies commandé à dîner ! Je meurs de faim !

— Je t'ai aussi pris du vin. J'espère qu'il sera bon.

— Merci, Ang'. As-tu pensé au tire-bouchon ?

Merde. Bien sûr que non. Il le voit sur mon visage et il se marre.

— C'est rien. Je vais demander à l'accueil. Ils en auront peut-être un.

Je prends une grande inspiration et je me force à poser la question.

— Tu as trouvé ?

— J'en ai retenu deux. Je veux que tu décides.

— Ça m'est égal.

— Eh bien, ça ne devrait pas. Il y a une maison avec une seule chambre, qui n'est pas chère. Mais la maison à deux chambres est plus sympa.

— D'accord.

L'oiseau dans ma poitrine s'affole. J'essaie de l'ignorer.

— Ça dépend si tu veux ta propre chambre ou non.

Ma propre chambre ? Je l'entends, mais je n'arrive pas à lui répondre. Ce con d'oiseau est en train de se libérer. J'essaie de continuer à respirer ; inspire, expire. Je n'arrive qu'à hocher la tête.

— Tu veux des chambres séparées ? C'est toi qui vois. Les deux me vont.

Inspire, expire. C'est tout ce que j'ai à faire. Super facile. Les gens font ça toute la journée, tous les jours, sans même y réfléchir. Mais soudain je n'y arrive plus.

Il ne me regarde pas. Il fouille dans un sac de sport.

— Celle à deux chambres est plus sympa de toute façon. Elle a une grande cuisine. Ça m'a redonné envie de cuisiner.

Il se retourne enfin vers moi.

— Tu cuisines ?

L'oiseau dans ma poitrine est en pleine panique. Il va sortir de mon corps comme un de ces extra-terrestres dans les films. Des points noirs apparaissent devant mes yeux.

— Ang' ?

Je n'arrive pas à dire s'il s'inquiète. Il faut juste que je me calme. Ça fait longtemps que ça ne m'est pas arrivé, mais je me souviens de ce qu'il faut faire. Juste respirer. Inspire, expire. Putain, pourquoi c'est si difficile ?

Zach m'attrape et me pousse pour que je m'assoie sur le lit. Puis il met la main sur ma nuque et m'abaisse la tête entre les genoux. Ah oui. J'aurais dû m'en souvenir. Sa main va et vient dans mon dos, je me concentre dessus. J'inspire quand elle descend, j'expire quand elle remonte. Inspire, expire. Pas si dur finalement.

Une fois que j'ai repris le contrôle, je lui dis :

— Ça va.

Il arrête de me caresser le dos et il se laisse tomber par terre devant moi. Il prend mon visage entre ses mains et me force à le regarder.

— Parle-moi, Ang' !

Je ferme les yeux, commence à secouer la tête mais il tient bon.

— Bon Dieu, Ang', arrête ça ! Arrête de faire semblant que tout va bien !

Je rouvre les yeux. Je déteste son air déchiré à cause de moi.

— Parle-moi. Je t'en supplie.

Je prends une grande inspiration, en essayant de garder prisonnier l'oiseau dans ma poitrine.

— Je ne peux pas, Zach.

Il a soudain l'air terrifié.

— Tu ne peux pas quoi, Zach ? Ça ? Nous ? C'est ça que tu ne peux pas ?

— Non !

Je le repousse. Je me frotte les mains sur le visage. Je dois prendre une grande inspiration avant de dire enfin :

— Je ne peux pas vivre avec toi, Zach.

Je croyais que je verrais de la colère. Ou de la déception. Ce que je vois, c'est du soulagement. Il m'attrape et m'étreint. Me serre contre lui si fort que j'entends son cœur battre.

— Bon sang, Ang', c'est tout ? Pourquoi tu ne l'as pas dit ?

Il faut admettre que je ne m'attendais pas à cette réaction. Tout ce temps où je me suis stressé…

— Je ne voulais pas te décevoir.

Il rigole un peu, mais c'est un genre de rire flippé.

— Inquiète-toi moins de me décevoir et plus de me flanquer la frousse de ma vie. J'ai cru qu'il faudrait que je t'emmène à l'hôpital et je ne sais même pas encore où il est !

Je n'arrive pas à croire combien j'ai été con de penser qu'il ne comprendrait pas. Je passe les bras autour de lui.

— Je suis désolé.

— Chut.

Il m'étreint toujours, se balançant un peu comme s'il essaie de me réconforter, mais je me demande si c'est vraiment moi qui en a besoin.

— C'est moi qui suis désolé, Ang'. J'aurais dû m'en rendre compte. J'aurais dû demander.

Maintenant il va s'en vouloir à mort, et ce n'est pas ce que je veux. Je m'écarte de lui, mais seulement pour le regarder dans ses yeux bleus.

— Je ne crois pas qu'on se débrouille encore bien, ni toi ni moi.

— On dirait que non.

— Tu es fâché ?

— Je regrette juste que tu ne me l'aies pas dit.

— Je pensais que je m'y ferais.

Il secoue la tête, alors je sais que ce n'est pas la bonne réponse.

— Ang', je veux que tu sois sincère avec moi. Même si c'est pour me dire que je me comporte comme un connard. Je préférerais que tu me dises que tu n'es pas certain pour qu'on en parle, plutôt que tu aies une autre attaque de panique parce que je n'ai pas deviné ce qui ne va pas.

Présenté comme ça, bien sûr, je me sens comme un vrai connard.

— Je suis désolé.

Il appuie la main sur ma nuque et m'attire à lui pour m'embrasser.

— Plus d'excuses, d'accord ?

— D'accord.

Il passe la langue sur ma lèvre inférieure et m'étreint encore.

— Je prends la maison à deux chambres. Fais ce qu'il faut pour toi.

— D'accord.

Il passe la main sous mon tee-shirt. Je ne me remets pas de combien c'est bon quand il me touche. Mon cœur bat à toute vitesse, je suis déjà dur. Je me bats avec les boutons de son pantalon.

— Je te veux à mes côtés, Ang'. Quand tu seras prêt.

Avant que je réponde, sa bouche est sur la mienne, il me pousse sur le lit et on ne parle pas pendant longtemps après ça.

Zach...

JE SIGNAI un bail d'un an pour la maison à deux chambres. Je me disais qu'Angelo emménagerait plus facilement un jour s'il avait sa propre chambre. Il loua un petit appartement en face du motel qui se révéla être le même que celui de Matt avant qu'il emménage avec Jared.

Nous retournâmes à Arvada. Ruby avait déjà vidé sa boutique. Je me sentis coupable de l'avoir manquée. Elle avait collé une note à ma porte qui disait : 'J'ai eu une vision. Sème des miettes.'

— Ça veut dire quoi, ces conneries ? demanda Angelo.

Je ne pouvais que hausser les épaules.

Le dernier jour, tous les habitués passèrent. Monsieur D. donna son email à Angelo et lui demanda de continuer à lui recommander des films. Justin le remercia chaudement lorsqu'il insista pour lui offrir notre copie de *Heavy Metal*. Quant à Carrie, elle réussit à l'étreindre pour dire au revoir, malgré ses efforts pour l'éviter.

Fermer la boutique pour la dernière fois fut étrange. Dix ans de ma vie, bouclés en un tour de clef.

La première fois où j'avais mis les pieds à De A à Z, Jonathan avait été avec moi. C'était un samedi soir, il avait envie de voir un film. Il y avait une affiche de recherche d'employé collée à la vitrine. J'avais rempli le formulaire de demande d'emploi, en me disant que ce ne serait qu'une façon d'arrondir les fins de mois en attendant qu'un vrai travail me tombe dessus. Jonathan s'en était offusqué. Il répétait à longueur de temps qu'un 'vrai travail' ne vous 'tombait' pas dessus comme ça. Je devais en chercher un. Qu'il ait probablement raison ne m'importait pas beaucoup à l'époque. On avait fini par se disputer là-dessus toute la soirée. Au bout du compte, j'étais sorti me saouler. Il était resté à la maison à regarder le film seul.

Ç'avait été si facile de tout laisser s'effondrer. Facile de faire ce job même si j'étais bourré ou défoncé. Facile de s'installer dans cette routine et d'arrêter complètement de chercher ce 'vrai travail'. Ça rendait Jonathan dingue. À la fin, je faisais ma tête de mule et je refusais de démissionner par pure contradiction. On allait se coucher fâché plus souvent qu'à notre tour.

Puis un soir, je n'étais pas rentré du tout. Ç'avait été le premier de beaucoup d'autres.

Autant dire que ç'avait été le début de la fin.

Quand j'y réfléchissais, cette proposition d'emploi avait été le premier domino d'une réaction en chaîne : l'obtention du job, le départ de Jonathan, l'achat du vidéo club puis une suite de journées sans intérêt jusqu'à ma rencontre avec Tom. Puis telle une lumière à la fin d'un sombre tunnel, Angelo.

Soudain il se mit devant moi, s'appuya contre la porte et me fit son sourire en coin.

— Tu fais le bon choix, Zach.

En le regardant, je sus au fond de moi que c'était vrai.

— Je sais.

Nous laissâmes la clef à Jeremy, lui dîmes au revoir ainsi qu'à Sensei. Angelo lui promit même de s'inscrire comme Libertarien.

— Quand est-ce que tu veux que je vienne chez toi ? lui demandai-je quand nous quittâmes la boutique de Jeremy.

— Comment ça ? fit-il d'un ton perdu qui ne lui ressemblait pas du tout.

— Ton appartement, lui répondis-je en me tournant vers lui.

Son expression me surprit. Il avait les yeux complètement écarquillés, l'air à deux doigts de s'enfuir s'il trouvait seulement un moyen de s'échapper.

— Quand veux-tu faire tes cartons ?

— Oh.

Son regard se détacha du mien.

— Je m'en occuperai.

— Tout seul ? demandai-je avec scepticisme.

— Ouais.

J'attendis, mais il n'ajouta rien. Il ne me regardait toujours pas. Finalement, je dis :

— Angelo, est-ce que tu es en train de me dire que tu vas sortir tous tes meubles de ton appartement et les mettre dans le camion, tout ça tout seul ?

J'essayai de ne pas avoir l'air trop sarcastique, mais n'y arrivai pas complètement.

Il rougit et baissa les yeux. Puis il me jeta un regard circonspect.

— Peut-être pas.

— Quelque chose ne va pas, Ang' ? lui demandai-je d'un ton léger. Tu as un autre petit ami caché chez toi ?

Il esquissa un sourire et ses épaules perdirent un peu de leur tension.

— Non, ce n'est pas ça.

— Alors quoi ? demandai-je encore avec douceur.

Il haussa les épaules et détourna à nouveau les yeux, comme s'il cherchait la réponse à ma question. Il croisa enfin mon regard puis dit :

— Normalement je ne ramène pas de mecs chez moi.

— D'accord…

J'eus besoin d'y réfléchir un instant, de réfléchir à ce qu'il essayait de me dire exactement. Il ne ramenait jamais personne ?

— Jamais ? répétai-je, sceptique.

— Non, jamais, répondit-il avec une telle conviction que je ne pus que le croire.

— D'accord, acquiesçai-je doucement en essayant de ne pas montrer mon agacement. Je n'essaie pas de te forcer, Ang', mais tu vas peut-être devoir faire une exception, juste cette fois.

Il m'examinait avec méfiance.

— Je n'essaie pas d'emménager. J'essaie de t'aider à déménager.

Il soupira. Il écarta les cheveux devant son visage et détourna les yeux. Ses épaules s'affaissèrent un peu, puis il dit :

— Je sais, Zach.

— Et quand on sera à Coda ?

Il se tourna à nouveau vers moi et ses joues rosirent lentement.

— Ouais, quoi ?

Quelque chose me disait qu'il savait exactement de quoi je parlais, je développai quand même :

— Il faudra que je t'aide avec tes affaires aussi.

Il devint encore plus écarlate, mais ne détourna pas le regard.

— Non, dit-il fermement. Matt me file un coup de main.

— Tu lui en as déjà parlé ? demandai-je avec surprise.

— Oui.

— Pourquoi ?

— Je ne veux pas de toi là.

Je ne savais pas quoi répondre. Tout ce que je réussis à sortir fut :

— Oh.

Il aurait pu me donner un coup de poing, ç'aurait été moins douloureux. Je tentai de ne pas lui montrer à quel point j'étais blessé.

— Si c'est ce que tu veux.

— Oui.

117

Il déménageait jusqu'à Coda pour rester avec moi, mais en même temps il construisait un mur entre nous, m'excluant de sa vie. Comment réagir à ça ? Je hochai simplement la tête et tournai les talons vers ma voiture.

— Zach, appela-t-il.

Il m'attrapa le bras, attendit que je sois face à lui. Il leva les yeux vers moi, je voyais bien qu'il souhaitait désespérément que je comprenne.

— Il faut que chez moi, ce soit seulement chez moi, Zach. C'est tout. Ce n'est pas à cause de toi.

Il fit un pas vers moi, s'appuya contre moi et me scruta au travers de ses mèches.

— Ne sois pas fâché.

— Je ne le suis pas.

C'était vrai. Blessé, oui. Mais pas fâché.

— Tu veux que je t'aide à déménager ou pas ?

Il hésita, puis hocha la tête.

— Oui.

— Quand ?

Il me sourit.

— Maintenant, qu'est-ce que tu en dis ?

J'avais l'impression que la seule raison pour laquelle il le proposait était pour ne pas risquer de revenir sur sa décision. Je n'insistai pas.

— D'accord, répondis-je en lui tendant les clefs de la camionnette. C'est toi qui conduis. Je ne sais même pas où tu vis.

Son appartement était à l'étage d'un immeuble à entrées individuelles. Nous sortîmes chacun du camion une pile de cartons vides. Au moment où nous atteignîmes l'escalier, l'une des portes du rez-de-chaussée s'ouvrit et un garçon en sortit. Il devait avoir environ treize ans. Il avait de l'acné et une touffe de cheveux blonds qu'il avait pris soin de coiffer pour leur donner un côté désordonné.

— Salut, Angelo.

— Salut, Josh.

— Dis, y'a une bonne femme qui te cherche. Elle est venue, genre, au moins cent fois depuis ton départ ! Elle a vraiment envie de te voir.

— Tu es sûr que c'est moi qu'elle cherche ? Pas Fred ?

Fred devait être l'un des autres locataires.

Josh hocha la tête.

— Ouais. Elle a demandé Angelo Green.

Il sourit de toutes ses dents.

— C'est toi, non ?

Angelo prit l'air intrigué.

— Ouais, mais… une nana ?

Josh haussa les épaules.

— Ouais, on dirait bien. Enfin, je l'appellerais pas comme ça. Elle était, genre, vieille, tu vois ? Elle a demandé quand tu revenais. Je lui ai dit de venir voir aujourd'hui.

Angelo avait toujours l'air perplexe mais répondit :

— Merci, Josh.

Josh rentra chez lui.

— Une femme te cherche ? le taquinai-je en le suivant dans l'escalier qui menait à son appartement. Il y a quelque chose que tu ne me dis pas ?

— Je croyais que tu le savais, Zach, me lança-t-il par-dessus son épaule. Les filles m'adorent.

— C'est ça, répondis-je en riant. Mais c'est une vieille !

— Pour Josh, tous ceux qu'ont plus de vingt ans sont vieux. L'autre jour il m'a demandé si j'avais la télé quand j'étais petit.

Nous arrivâmes à son appartement. Il posa ses cartons, déverrouilla, mais avant de l'ouvrir il se tourna vers moi avec appréhension.

— Pas de câlins crapuleux ici, d'accord ?

— D'accord.

Il était tellement sérieux, alors que moi je me retenais de sourire. Je ne pus m'empêcher d'ajouter :

— Pas même un petit ?

Je le dis en plaisantant, mais il ne rit pas. Il fronça un peu les sourcils, il avait cet air entêté que je commençais à bien connaître.

— Ce n'est pas une blague, Zach. C'est mon espace. Il faut qu'il le reste, même si c'est pour seulement quelques jours encore.

— D'accord, d'accord, pas de câlins !

Il m'observa un instant, comme s'il n'était pas certain de me croire. Finalement, il soupira, écarta les cheveux devant son visage puis ouvrit la porte.

Son appartement n'était pas très fourni : un canapé tout droit sorti des années 70 et accusant le coup de son grand âge, une table de salle à manger recouverte de prospectus, une cuisine qui avait l'air de n'avoir jamais servi.

— Je n'ai jamais vu un canapé aussi moche, déclarai-je.

Il se mit à rire.

— Pas vrai ? Il était dans l'appart'. La table aussi.

119

— Alors qu'est-ce qu'on met dans la camionnette ?

— Mon lit. Une armoire. Et ça.

Il indiqua le mur derrière moi.

Je me retournai pour voir de quoi il parlait et ma mâchoire se décrocha. Accrochée au mur se trouvait une télé à écran plasma géant. Puis je remarquai les enceintes.

— Tu as le son en surround ?

— Bien sûr. Tu es le seul mec au monde qui ne l'a toujours pas.

Sur une table basse sous la télé se trouvait un lecteur VHS, un lecteur DVD et un Blu-ray.

— Même le Blu-ray ?

— Ouais. Va falloir qu'on se mette à en commander pour le vidéo club aussi, tu sais ? Il y a pas mal de gens qu'en ont maintenant.

— Les nouvelles technologies vont me tuer.

Je ne plaisantais pas mais il rit quand même.

— Tu as toute cette installation, mais où sont les films ?

Il me fit son sourire en coin.

— Je les loue, tu te souviens ?

Là, je dus rire.

— C'est vrai. Est-ce que tu as un mur assez grand pour tout ça dans ton nouvel appartement ?

— Non, répondit-il, l'air soudain incertain. Je voulais l'installer chez toi.

C'était ridicule, combien ces mots me firent plaisir. Pas parce que je mourrais d'envie d'un écran plasma, mais parce que ça voulait dire qu'il avait l'intention de passer du temps là-bas avec moi, au moins un peu.

— Ça me ferait plaisir.

— Tu pourrais peut-être me filer ta petite télé en échange ?

— Tout ce que tu veux, Ang'.

Et quels que soient les doutes que j'aie pu formuler cette dernière heure, ils furent balayés par son sourire. Il vint m'embrasser, une fois, vite.

— Merci, Zach.

Il ramassa un carton vide et se dirigea vers ce que j'imaginais être la chambre.

— Je serai là, dit-il.

Il me regarda.

— Tu n'as pas le droit d'entrer.

— D'accord.

— Je suis sérieux.

— Très bien ! répondis-je en levant les mains en signe de défaite. Je te le promets.

Il m'observa encore un instant puis soupira.

— Je ne veux pas jouer les connards, Zach. C'est juste que…

— Angelo, l'interrompis-je, c'est bon. Vraiment.

Je lui souris et fut soulagé lorsqu'il me sourit immédiatement en retour.

— Va ranger tes affaires. Je reste là.

— D'accord.

Je mis moins de vingt minutes à empaqueter sa cuisine. Je jetai un coup d'œil à la table, essayant de décider si je devais trier le courrier pour lui ou pas. C'était surtout de la pub, des prospectus, des bons de réduction pour une pizzéria, des propositions de crédit à la consommation. Un magazine porno. Je le parcourus quelques instant avant de comprendre qu'il valait mieux que j'arrête. Il avait l'effet recherché, et quelque chose me disait qu'Angelo était mortellement sérieux au sujet de la règle de 'pas de câlins crapuleux'. Je ne voulais pas tirer sur la corde. Je reposai le magazine et décidai de commencer à désinstaller le home cinéma. Je débranchais les enceintes lorsqu'on frappa à la porte.

— Zach ? cria Angelo de sa chambre.

— Oui, je m'en occupe !

J'ouvris la porte et me retrouvais face à une femme. Elle était petite, peut-être un mètre soixante. Elle avait la peau sombre et d'épais cheveux noirs. C'était dur de déterminer son âge. Elle aurait pu avoir trente-cinq ans comme cinquante. Elle avait des yeux d'un brun profond. Elle avait l'air terrifié.

— Je cherche Angelo Green, dit-elle d'une voix tremblante.

Je sus immédiatement que ça allait mal se finir. J'envisageais sérieusement de lui dire qu'il n'était pas là, mais ne fut pas assez rapide.

— C'est qui ? lança Angelo en sortant de sa chambre.

Puis son regard se posa sur elle.

Il se figea. Une seconde, il fut complètement immobile. La tension faisait presque vibrer la pièce, comme le calme avant la tempête, quand on voit les éclairs et qu'on sait que le tonnerre n'est plus très loin.

Puis sans un mot, il alla lui claquer la porte au nez.

— Angelo, est-ce que c'était…

— Angelo ! appela-t-elle en m'interrompant. Je t'en prie, laisse-moi entrer !

Il se retourna et s'appuya contre le battant, comme s'il avait peur qu'elle le casse.

— Va te faire foutre ! hurla-t-il en retour.

— Je sais que ça fait longtemps, mais…

— Longtemps ? cingla-t-il. C'est ça qui te vient ? *Longtemps* ? Tu me fous chez le voisin sans jamais revenir, et vingt ans plus tard, le seul truc que tu as à dire, c'est que ça fait *longtemps* ?

Le silence dura quelques secondes. Je me demandais presque si elle n'était pas repartie. Puis elle dit, plus bas :

— Angelo, je t'en prie. Laisse-moi entrer. Je veux juste te voir.

Il mit la tête entre les mains sans pour autant agir.

Rien ne se passa pendant ce qui me sembla une éternité, mais qui n'avait dû être que quelques instants. J'attendis un signe pour savoir ce dont il avait besoin. Je n'avais aucune idée quoi faire. Finalement, je demandai :

— Angelo ?

Il leva les yeux vers moi. Ils étaient emplis de tant de douleur, de colère et de désarroi que ça m'en brisa le cœur. Je franchis la distance qui nous séparait et l'enlaçai. J'aurais cru qu'il me résisterait, mais non. Il s'appuya contre moi, comme s'il n'arrivait pas à rester debout tout seul. Il tremblait. Je l'étreignis plus fort.

— Zach, souffla-t-il, dis-moi quoi faire.

— Angelo ? appela-t-elle d'un ton incertain.

— Un instant ! criai-je vers la porte.

Puis à lui, doucement :

— Prends ton temps. Elle peut attendre.

— Pourquoi, Zach ? murmura-t-il. Pourquoi faut-il qu'elle revienne maintenant ?

Je n'avais pas de réponse. J'étais certain qu'il n'en attendait pas.

Il reprenait son sang-froid. Sa respiration se calma. Il arrêta de trembler. Il se fit plus raide entre mes bras.

— Qu'est-ce que je dois faire ? demanda-t-il encore, plus fermement.

— C'est à toi de voir, Ang'. Mais tu devrais écouter ce qu'elle a à dire.

Il acquiesça contre mon torse, prit une grande inspiration, puis me repoussa doucement.

— Veux-tu que je reste ?

Il m'examina, je vis bien qu'il envisageait sérieusement de me demander de partir, mais il déclara alors fermement :

— Oui.

— D'accord.

Il repoussa les cheveux devant son visage, se redressa. Il passa aussi de l'autre côté du canapé afin qu'il les sépare une fois qu'elle serait entrée. Puis il se tourna vers moi.

— Je crois que je serai jamais plus prêt que je le suis maintenant.

J'ouvris la porte. Elle me regarda avec désarroi. Il y avait des larmes sur ses joues.

— Entrez.

Je m'écartai pour la laisser passer.

Elle passa le seuil et s'arrêta. Pendant que je fermais la porte, elle resta là, à regarder nerveusement autour d'elle, tout sauf Angelo. Il devint immédiatement évident que ni l'un ni l'autre ne savait quoi dire, alors je lui tendis la main.

— J'imagine que vous êtes la mère d'Angelo ?

— Oui, répondit-elle en me la serrant.

Sa main était toute petite et sa poignée molle.

— Nita.

— Nita, je suis Zach. Je suis un ami d'Angelo.

— Plus que mon ami, c'est mon...

Angelo s'interrompit. Lorsque je me tournai vers lui, il avait l'air alarmé, comme s'il n'avait pas eu l'intention de parler. Il ne savait clairement pas comment finir sa phrase. Je me demandai s'il allait lui dire, mais il ajouta alors doucement :

— C'est mon patron.

— Ah, dit-elle, mal à l'aise. Enchantée, Zach.

— Enchanté aussi.

Je regardai à nouveau Angelo. Il y avait une demande de pardon muette dans ses yeux. Je lui fis un sourire encourageant. Cela le réconforta visiblement, il se détendit un peu.

— Et si on s'asseyait ? proposai-je.

Bien sûr, dans le salon il n'y avait que le canapé. Angelo et Nita le lorgnèrent avec une appréhension évidente.

— Par-là, dis-je en indiquant la table.

Ils se détendirent tous les deux et acquiescèrent.

Je passai devant. Je poussai la pile de courrier, en-dessous de laquelle je cachai le magasine porno. S'il ne voulait pas lui dire que j'étais plus qu'un ami, il ne voudrait certainement pas non plus qu'elle voie clairement ce qu'il y avait en couverture.

— Merci, Zach, dit-il tout bas.

Lorsque je me tournai vers lui, je fus soulagé de le voir me sourire, de son éternel sourire en coin. J'étais heureux qu'il ait repris si vite son sang-froid.

Nous nous assîmes, Angelo et moi d'un côté de la petite table, Nita de l'autre.

— Alors, tu vis toujours à Denver ? demanda-t-elle.

— Sans blague, répondit-il sèchement.

Elle passa la langue sur les lèvres, se racla la gorge et réessaya.

— Tu travailles dans le quartier ?

— Pour Zach.

Elle attendit, mais il n'ajouta rien. Elle se ratatina un peu lorsqu'elle comprit que c'était tout ce qu'il lui dirait.

— Tu es beau. Tu ressembles à ton père.

— Si tu le dis.

Elle hocha la tête d'un air absent. Elle regarda un instant autour d'elle, comme si un sujet de conversation allait se présenter à elle, mais non. Elle finit par revenir à Angelo.

— Accepterais-tu de me dire, commença-t-elle avec précaution, ce qui s'est passé après… ?

Elle laissa sa question en suspens.

— Après que tu m'aies largué avec le voisin ? compléta-t-il d'un ton furieux.

Je mis la main sur son genou, sous la table, mais il la repoussa.

— Tu crois quoi ? Les services sociaux se sont pointés. J'ai fait treize familles d'accueil en dix ans.

Elle ferma les yeux, inspira brutalement, mais il ne s'arrêta pas là.

— Les premières m'ont gardé une ou deux années entières avant de m'envoyer ailleurs. Mais personne ne veut d'ado. Les dernières m'ont foutu dehors avant que je déballe ma valise.

Il s'appuya contre le dossier de sa chaise, croisa les bras sur son torse et la foudroya du regard.

— Je me suis éclaté. Merci de demander.

Elle ne bougea pas pendant un instant, digérant son discours. Puis elle prit une profonde inspiration et leva les yeux vers lui avec appréhension.

— As-tu des questions à me poser ?

— Comme pourquoi tu t'es tirée ? Où tu étais ces putain de vingt dernières années ? Pourquoi tu ne t'es jamais emmerdée à me chercher avant aujourd'hui ?

Il s'interrompit, elle contempla ses mains sur ses genoux. Puis il éclata d'un rire brutal, furieux.

— Oh, non. Je ne veux rien savoir de toi.

Elle hocha simplement la tête. Je vis des larmes lui monter aux yeux. Angelo n'était clairement pas touché par son chagrin. Il la foudroya du regard, sans dire un mot.

— Nita, intervins-je en me penchant vers elle, avez-vous d'autres enfants ? Angelo a-t-il des frères et sœurs ?

Elle secoua la tête.

— J'ai eu une fille, mais…

Les mots moururent sur ses lèvres.

— Elle aussi, tu l'as larguée avec le voisin ?

Elle encaissa le coup.

— Non, répondit-elle tout bas. Elle est morte. Morte subite du nourrisson.

Elle prit une inspiration profonde, tremblante.

— C'était il y a longtemps.

Angelo la foudroyait encore du regard. Ce fut donc à moi de dire :

— Je suis navré de l'apprendre.

Elle leva les yeux vers Angelo, elle avait l'air si désespéré. Je me sentais presque mal pour elle.

— Angelo ?

Elle tendit la main vers lui. Vue comme il la regardait, ç'aurait tout aussi bien pu être un serpent. Il s'écarta d'elle si vite que sa chaise crissa brutalement contre le sol. Elle remit vite sa main sur ses genoux.

— Angelo, je suis désolée. J'étais si…

— Garde tes excuses de merde, l'interrompit-il, et puis tes raisons aussi. Je n'en veux pas.

— D'accord, acquiesça-t-elle. Je l'ai mérité.

Elle s'agita un peu plus.

— Angelo, je sais que je n'ai pas le droit de te le demander…

Il étrangla un rire de dérision, mais elle accéléra, parlant très vite pour tout sortir avant qu'il dise quoi que ce soit d'autre.

— Je voudrais vraiment apprendre à te connaître.

— Ouais, c'est ça.

Elle cligna des yeux, perdue, incertaine de savoir si sa réponse était un oui ou un non. Lorsqu'il ne développa pas, elle retenta sa chance.

— Tu n'as jamais eu de nouvelles de ton père ?

— Non.

Elle soupira.

— Moi non plus. Je l'ai cherché, mais…

Elle haussa les épaules.

— Mes parents sont décédés, maintenant, alors s'il t'en reste, c'est de son côté.

Angelo la dévisageait d'un air sans émotion.

Elle sembla décider d'abandonner pour l'instant et se tourna vers moi.

— Angelo travaille pour vous ?

— Oui.

Je souris à Angelo.

— C'est mon meilleur employé.

Cela eut l'effet recherché. Une fissure se fit dans son visage de pierre, une minuscule ombre de sourire dans son regard lorsqu'il me jeta un coup d'œil.

— J'en suis heureuse.

Elle fit le tour de l'appartement du regard et vit le carton sur le comptoir de la cuisine.

— Est-ce que tu déménages ou tu emménages ?

Angelo attendit, l'air d'attendre que je réponde pour lui. Je me contentais de lui sourire, alors il finit par soupirer et dire :

— Je déménage.

— Où ça ?

— À Coda. Dans la montagne.

Elle sourit nerveusement.

— Ça doit être merveilleux.

— On s'en va dans quelques jours.

Je n'étais pas certain qu'il se soit rendu compte de ses mots, mais son regard à elle s'écarquilla un peu, alors je savais ce qui suivrait.

— Tu es marié ? demanda-t-elle pleine d'espoir.

— Autant que je pourrai jamais l'être.

— C'est merveilleux ! s'exclama-t-elle avec un sourire. Tu as des enfants ?

— Oh que non.

Entre la brutalité de cette réponse et le venin dans la voix d'Angelo, elle perdit tout de suite son sourire.

— Je vois, dit-elle tout bas.

Elle sembla y réfléchir un instant tout en contemplant ses mains sur ses genoux. Puis elle décida de ne pas insister. Elle leva à nouveau les yeux vers lui avec un sourire tremblant.

— J'aimerais la rencontrer.

Un battement de cœur silencieux, puis il dit d'une voix dure :

— C'est déjà fait.

Elle avait l'air perdu. Ça se voyait qu'Angelo y prenait plaisir.

— Je n'ai rencontré personne.

— Bien sûr que si, rétorqua-t-il d'un ton sûr de lui. C'est Zach.

— Oh.

Elle me regarda, incertaine, puis dit :

— Je sais que c'est ton ami. Mais je ne parlais pas de ça.

— Je sais de quoi tu parlais.

— Mais…

Ses joues s'empourprèrent.

— Je parlais d'une femme. Une petite amie ou une épouse.

— Je sais de quoi tu parlais ! rétorqua-t-il plus fort cette fois.

— Mais…

Elle s'interrompit brusquement. Elle écarquilla les yeux lorsqu'elle commença à comprendre.

Il se pencha vers moi, la regarda droit dans les yeux et déclara :

— C'est Zach !

Elle avait désormais l'air complètement paniqué. Ses yeux étaient grands ouverts, elle avait les joues rouges et elle agitait les mains comme s'il s'agissait d'étranges papillons tenus en laisse.

— Mais non, enfin, ce n'est pas possible…

Angelo se leva brutalement. Il empoigna les cheveux sur ma nuque, tira et m'embrassa avec force. Ce ne fut pas un long baiser, mais certainement plus long qu'elle l'aurait voulu. Il m'avait complètement pris par surprise.

Puis tout aussi vite, il me lâcha, tapa du plat de la main sur la table en se penchant vers elle avec agressivité.

— Ça y est, c'est bien clair maintenant, ou il faut que tu nous regardes baiser ?

Sa mâchoire se décrocha, je me levai et posai doucement la main sur l'épaule d'Angelo.

— Ang'…

— Non, Zach ! Elle veut me connaître ? Elle a intérêt à encaisser.

— Mais Angelo, dit-elle tout bas. C'est un péché. Ce n'est pas naturel.

Des larmes coulèrent sur ses joues, elle les essuya rapidement.

— C'est mal ! Dieu a dit…

— Je t'emmerde, et j'emmerde ton Dieu aussi ! cingla-t-il. Ni toi ni lui n'avez jamais rien fait pour moi !

Elle resta là un instant, à contempler la table. Puis elle prit une inspiration tremblante et déclara :

— Je devrais y aller.

Angelo se redressa alors et la toisa.

— Vas-y, dit-il, glacial. Casse-toi. Encore. Tu n'es bonne qu'à ça, hein ?

Elle ferma les yeux, retint son souffle comme si on l'avait giflée. Il s'appuya contre le mur et la fusilla du regard. Elle eut besoin d'un instant pour reprendre ses esprits. Puis elle sortit un stylo de son sac. Elle attrapa une enveloppe sur la table. Elle écrit soigneusement un numéro de téléphone, une adresse à Albuquerque puis se leva en la tendant à Angelo.

— Tiens, dit-elle doucement. Au cas où tu la voudrais un jour.

— Jamais.

— Je t'en prie, Angelo…

Elle était vraiment sur le point de pleurer.

— Prends-la. Juste au cas où.

Il resta là, les bras croisés et de la fureur dans les yeux. Il ne la prit pas. Elle la poussa encore vers lui, mais il ne bougea pas. Elle lâcha un sanglot, lui tendant l'enveloppe. Il ne bougeait toujours bas.

Finalement, je fis un pas en avant et tendis la main. Elle me regarda d'un air soupçonneux, clairement méfiante, mais elle me donna l'enveloppe.

Je la suivis jusqu'à la porte. Elle sortit de l'appartement, s'arrêta sur le palier puis se tourna vers moi.

— Je sais ce que vous pensez, dit-elle tout bas. Mais je l'aime vraiment.

— Moi aussi, répondis-je, puis je fermai la porte.

Lorsque je revins, il était assis à la table, la tête entre les mains.

— Est-ce que ça va ? demandai-je doucement.

Il leva les yeux vers moi, ils brûlaient de colère.

— Ce n'est pas mal, Zach ! lança-t-il avec ferveur. Non ! Ce qu'il y a entre toi et moi, ça n'a rien de mal !

Je lui pris la main, la gardai entre les miennes.

— Je sais, Angelo. On ne fait absolument rien de mal.

Il hocha la tête, scrutant sa main entre les miennes. Il prit une profonde inspiration, puis s'écarta.

— Rentre chez toi, Zach.

Il n'était plus fâché. Il avait l'air abattu.

Je ne voulais pas le laisser seul. Ça ne me semblait pas correct, de l'abandonner maintenant.

— Tu es sûr, Ang' ? Je pourrais…

— J'en suis sûr, m'interrompit-il.

Il avait le regard triste, las.

— Maintenant j'ai besoin d'être seul.

Je retournai à mon appartement vide et commençai à faire mes cartons. Je commandai une pizza. Je demandai même du piment sur l'une des moitiés. J'espérais qu'il viendrait dîner, mais non. Je finis par me mettre au lit et m'endormir. Je laissai la porte déverrouillée, au cas où.

Il était trois heures du matin lorsque je l'entendis entrer. Il pénétra discrètement dans ma chambre. Il ne dit rien, moi non plus. J'avais peur de parler, peur de le faire fuir. J'observai son ombre tandis qu'il se déshabillait. Puis il se glissa dans le lit avec moi et pressa son corps mince, chaud contre moi.

— Aide-moi à me rappeler, Zach, murmura-t-il en s'enroulant autour de moi. Rappelle-moi qu'on ne fait rien de mal.

Cela commença lentement et tendrement. Mais ensuite, son côté violent et passionné prit le dessus, alors je lui laissai les rênes. Il me poussa sur le dos, m'enfourcha et s'enfonça en moi comme s'il avait quelque chose à prouver.

Peut-être que c'était le cas.

Ensuite il se réfugia de l'autre côté du lit, loin de moi, bien qu'il me tienne encore la main.

— Tu as son numéro, Zach ?

— Oui.

— Qu'est-ce que tu vas en faire ?

— Ce que tu veux. Si tu me dis de le jeter, je le ferai.

Il garda un instant le silence. Je n'entendais que sa respiration, alors je me demandai s'il s'était endormi. Mais il dit alors tout bas :

— Garde-le. Je n'en veux pas encore. Pas pour le moment. Peut-être jamais.

Il s'interrompit, prit une profonde inspiration, puis soupira.

— Mais de savoir que tu l'as, bizarrement, je me sens mieux.

— Tout ce que tu veux, Ang'.

Il me tint la main jusqu'à ce qu'il s'endorme.

APRÈS, ON aurait dit qu'il ne s'était rien passé. C'était comme s'il avait tout oublié. Bien sûr ce n'était pas possible, mais j'étais heureux qu'il s'en soit remis aussi vite. Il n'en parla jamais, moi non plus.

Notre dernier matin à Denver, je passai trois heures à essayer d'attraper Geisha, mais elle refusait de venir à moi. Je n'allais pas passer ma vie à attendre la chatte ingrate de mon ex-petit ami.

— On a qu'à la laisser ici, dis-je à Angelo.

— *Quoi ?*

Je fus surpris de la force de son indignation.

— Pas question, Zach ! On l'emmène !

Bien sûr il ne lui fallut qu'une dizaine de minutes pour l'attirer. Nous finîmes par la fourrer dans le panier et laissâmes Arvada derrière nous. Je conduisais la camionnette qu'on avait louée, Angelo suivait dans ma Mustang, Geisha miaulant avec fureur sur le siège arrière.

Moins de quatre semaines après notre première nuit à Coda, nous y habitions. Deux semaines plus tard, nous ouvrîmes le côté vidéo club de De A à Z.

— Et la salle derrière ? me demanda Angelo quelques jours après notre grande inauguration. Il faut que tu mettes des tables, des chaises et que tu recherches toutes ces conneries d'autorisation.

— Je ne crois pas pouvoir le faire avant longtemps.

— Je croyais que l'idée te plaisait.

— Oui, je l'adore. Je ne pense juste pas pouvoir me le permettre pour le moment. On a besoin d'un système de projection façon home cinéma, avec un son surround complet. Je n'ai pas l'argent nécessaire.

— Moi oui.

Je le regardai avec surprise.

— Ah bon ? Comment ?

— Ça fait longtemps que j'accumule deux boulots. Je paye mon loyer. J'achète ma bouffe. À part ça, ma seule dépense c'est de louer des films.

Il vint s'appuyer contre moi et me regarda au travers de ses mèches.

— Il y a quelques mois, j'ai rencontré ce mignon petit bourge. Il me fait des réducs sur les films.

Je me mis à rire.

— Il doit avoir envie de te mettre dans son lit.

Il sourit.

— C'est possible.

— Si tu investis, tu devrais devenir partenaire.

Son sourire s'évanouit.

— Non, je ne veux surtout pas.

— Pourquoi pas ?

— Je ne veux pas, c'est tout.

Je voyais bien son regard, le même qu'il avait quand on parlait de vivre ensemble. Ce n'était qu'un pas de plus qu'il n'était pas prêt à faire.

— Je te rembourserai.

Il passa les bras autour de ma taille.

— Je voulais qu'on en discute, Zach… Je voudrais une plus grosse paye. Et ce n'est pas un sous-entendu pervers.

— Je vais voir ce que je peux faire.

Il frôla mes lèvres des siennes, puis sourit.

— J'ai menti.

— Tu ne veux pas une plus grosse paye ?

— En fait c'était un sous-entendu.

— Je crois que je t'aime.

Les mots sortirent avant que je sache que j'allais les dire. Je voulus immédiatement les ravaler. Si parler de vivre ensemble lui déclenchait une véritable attaque de panique, qui savait ce que cette révélation allait lui faire ?

Il se figea, à peine une seconde. Je m'attendais au pire, mais il sourit et répondit simplement : 'Je sais.'

UN JOUR de mi-octobre, Matt et Jared passèrent au vidéo club à la fermeture pour nous proposer de sortir dîner avec eux. Angelo installait la vitrine d'Halloween, avec des films d'horreur divisés en quatre catégories : sanglant, flippant, kitsch et carrément traumatisant.

— L'Exorciste, vous le mettriez dans flippant ou traumatisant ? nous demanda-t-il.

— Traumatisant ! répondit Jared au moment où Matt lança : Kitsch !

— Sérieusement ? s'exclamèrent en chœur Jared et Angelo, en regardant Matt avec surprise.

Ce dernier haussa les épaules.

— Jamais vu en quoi il faisait si peur.

Angelo se tourna vers moi.

131

— Tu en penses quoi, Zach ?

— Jamais…

— … vu, termina-t-il pour moi avec un sourire. J'aurais dû le savoir. On va le mettre dans flippant.

— Le film le plus ter-ri-fiant au monde ! déclara fermement Jared.

— N'importe quoi ! fit Matt en riant.

— Zach, c'est quoi le film le plus flippant que t'aies jamais vu ? me demanda Ang'.

Je pouvais compter le nombre de films d'horreur que je me rappelai avoir vus sur les doigts d'une seule main.

— *Shining* ?

Il me sourit.

— D'accord, c'est respectable.

— Et toi ?

— Pas sûr. Peut-être *L'Enfant du Diable*.

— Celui avec Keanu Reeves ? demanda Matt avec scepticisme.

— Non, ça c'est *L'Associé du Diable*. Je parle de celui avec George C. Scott ? Quelqu'un l'a vu ?

Nous secouâmes tous la tête.

— Personne ne l'a vu !

Il se tourna vers Matt.

— Et toi, tu dis quoi ?

— *Jesus Camp*.

Angelo eut pour une fois l'air troublé.

— Je n'en ai jamais entendu parler. C'est un slasher ?

— C'est un documentaire.

Nous éclatâmes tous de rire, mais il n'avait pas l'air de plaisanter.

— Je vous le promets, si ce film ne vous fait pas peur, vous ne craindrez plus rien.

Jared le regardait avec stupéfaction.

— Un documentaire sur la religion ?

— Ce n'est pas sur la religion. C'est sur le fanatisme. Pas la même chose.

Angelo prit l'air pensif, alors je savais qu'on en aurait une copie avant la fin du mois.

Nous dînâmes avec Matt et Jared, puis ils vinrent chez moi regarder un film. En général, Angelo adorait ça, mais je voyais bien qu'il avait la tête ailleurs. Il était assis à côté de moi sur le canapé, et remontait lentement la main le long de ma cuisse. Dès qu'ils fermèrent la porte derrière eux, il m'attrapa la main et m'entraîna dans la chambre.

Je l'observai se déshabiller. J'adorais le regarder, juste le regarder. Il y avait quelque chose de sauvagement exotique en lui, quelque chose de rare, de précieux et de beau mais aussi d'une audace impudente. Quelque chose de divin et de pourtant complètement impertinent. Il irradiait presque de sensualité. Maintenant que je l'avais remarqué, je me demandais comment j'avais pu ne pas le voir avant. J'avais vraiment été aveugle.

— C'est quoi ton problème ? me demanda-t-il soudain avec son éternelle insolence.

— Tu es fantastique.

Il me fit son sourire en coin.

— Si je suis si fantastique, pourquoi tu es toujours habillé ?

Je dus bien rire.

— Aucune idée !

Il ne nous fallut pas longtemps pour remédier à la situation.

Il sortit le lubrifiant du tiroir et m'attira contre lui. J'étais déjà excité, je le caressais tout en l'embrassant. Je sentis sa main sur moi, humide de gel, puis il murmura à mon oreille :

— Je veux que tu me baises, Zach.

Le seul fait d'entendre ces mots aurait pu me faire basculer. Je dus repousser sa main sur ma verge pour ne pas trop vite perdre le contrôle. Je voulais passer plus de temps avec lui, plus de temps à le goûter, le toucher, à devenir une part de lui.

Je le repoussai de façon à ce qu'il s'assoie sur le lit puis m'agenouillai devant lui. Il m'embrassa et passa les doigts dans mes cheveux. Sa main était sur ma tête, on aurait dit une bénédiction.

Je pris son autre main, paume offerte, et embrassai le revers de son poignet. Je suçai tendrement sa peau douce. Je sentais son pouls contre mes lèvres, c'était incroyablement excitant. J'embrassai sa paume, y traçai un petit cercle de la langue. Il retint son souffle. Il était toujours tellement silencieux… Parfois c'était dur de savoir ce qui lui plaisait. J'adorais quand je le faisais enfin réagir, quand ses doigts se refermaient dans mes cheveux ou que son souffle vacillait.

Je l'allongeai sur le lit et suçai l'un de ses tétons. Il avait les mains dans mes cheveux, il renversa la tête en arrière. Je titillai chacun de ses tétons jusqu'à ce qu'il soit tendu et haletant, les hanches arquées vers moi. Je passai la main sur son côté, tournai autour de sa verge le plus près possible sans la toucher.

— Zach…

Il l'avait dit tout bas, mais je sentis son impatience.

— Retourne-toi.

Il s'exécuta et je descendis entre ses jambes. Il était si mince et si beau. Sa peau était sombre partout, mais encore plus en ce lieu tout doux entre ses bourses, qui menait à sa fente. Je passai la langue sur ce chemin obscur, l'entendit retenir à nouveau son souffle un instant, puis il écarta encore plus les jambes pour moi. Je léchai autour de son anus, encore et encore, nous excitant l'un et l'autre. Il cessa de respirer, relâcha un souffle tremblant, comme un sanglot et se tendit vers moi. Je le pénétrai de ma langue et l'entendis pousser un soupir qui manqua me faire craquer. J'écartai ses fesses et le pénétrai plus profondément. Il fit mine de se masturber mais je l'en empêchai. Il tenta de se frotter contre le lit, je retins ses hanches. Je plongeai la langue aussi profond que possible, encore et encore, jusqu'à le sentir tellement tendu qu'il poussa contre le lit, cherchant sa délivrance.

Je ressortis la langue, refermai la bouche sur son trou et suçai. Il lâcha à nouveau ce petit soupir, alors je plongeai encore la langue en lui. Il tenta encore de saisir sa verge, je l'arrêtai mais remontai la main entre ses jambes. Il donna immédiatement un coup de rein, se tendit. Il n'était plus loin.

— Zach, je t'en prie…

Je n'allais pas tenir longtemps non plus. Aussi vite que possible, je le couvris de mon corps et le pénétrai lentement.

J'avais l'impression d'être au paradis. De rentrer chez moi. Jamais je ne pourrais être assez proche de lui, assez profondément en lui. Je voulais me noyer en lui à jamais, me brûler sur sa peau jusqu'à ce que nous ne fassions plus qu'un. Un corps, une âme, mais deux cœurs. J'empoignai sa verge, le pénétrai à nouveau. Il agrippa les draps. Il poussa encore un petit soupir et s'arque-bouta pour me rejoindre. Une pression en moi monta et s'étendit, menaçant de me déchirer. Il retint sa respiration sans la relâcher. Comme toujours avant de jouir. J'enfouis le visage dans ses cheveux, sentis son corps trembler sous moi, se refermer autour de moi. La pression en moi, brûlante, battant, explosa enfin. Elle me déchira et m'effaça entièrement. Je n'existais plus, sinon en ce lieu magnifique, saint, où nous étions unis.

Ma main sur lui était humide de son sperme, il respirait à nouveau. Il haletait comme s'il venait de courir un marathon. Ses doigts trouvèrent ma main libre et il la pressa. Nous restâmes ainsi un long moment, jusqu'à ce que son souffle se calme. Puis il dit, tout bas :

— Tout est toujours mieux avec toi, Zach. Pour toi aussi ?

— Oui.

— Pourquoi ?

Je le savais, mais j'hésitais à le dire. Je passai la main sur son flanc, traçai ses côtes du bout des doigts, embrassai sa nuque et murmurai enfin :

— Parce que nous nous aimons.

Il referma les doigts sur les miens, puis il soupira et déclara d'une voix endormie :

— Ça doit être ça.

Il n'avait jamais été si prêt de le dire. La gorge soudain serrée, je déglutis difficilement et l'étreignit. Nous nous endormîmes entremêlés, mais à mon réveil quelques heures plus tard, il s'habillait.

— Où tu vas ? C'est le milieu de la nuit.

Il se tendit et répondit sans me regarder :

— À la maison.

— J'aimerais que tu restes.

Il ne dit pas un mot. Tourna les talons et partit. J'essayais de me dire que ce n'était pas grave. Mais ce vide de l'autre côté du lit me hanta le reste de la nuit.

... Angelo

ÇA FAIT deux mois que je suis à Coda. J'essaie encore de m'habituer à être avec Zach. J'essaie encore de calmer l'oiseau dans ma poitrine.

Zach dit qu'il m'aime. Il le dit tout le temps. Je ne peux pas lui répondre, pas parce que je ne ressens pas la même chose, amis parce que je n'arrive pas à faire sortir les mots de ma bouche. Ça n'a pas l'air de le déranger.

Je vais chez lui presque tous les soirs après le boulot. Des fois il cuisine. Parfois on regarde un film, on fait un puzzle ou on voit Matt et Jared. Des fois on parle. Des fois on passe la soirée à se rouler des pelles ou à coucher. J'adore qu'on passe du temps ensemble. Je n'arrive toujours pas à croire combien tout est bien avec lui. Je n'avais jamais imaginé que l'amour pouvait rendre le cul aussi bon.

Mais toutes les nuits, il y a ce moment où je dois décider si je reste ou si je rentre chez moi. Je déteste combien c'est dur pour moi des fois. Il me demande de plus en plus de rester. Ça panique cet oiseau à la con. Plus il demande, plus j'ai envie de me tirer. Peu importe ce que j'arrive à lui offrir, il en veut encore plus. Des fois j'ai l'impression qu'il ne reste plus rien de moi à donner.

Je passe pas mal de temps avec Matt et Jared. Je les regarde. C'est clair qu'ils sont dingues l'un de l'autre. Mais ce qui m'intéresse, c'est qu'ils ne s'aiment pas de la même façon. Il y en a pas une meilleure que l'autre. Juste des types d'amour différents.

L'amour de Jared est du genre satisfait, repus. C'est comme si on lui avait donné tout ce qu'il a jamais voulu, alors maintenant il s'est détendu, il profite juste de la balade. Ce cliché sur les couples qui sont la moitié l'un de l'autre, je croyais que c'était des conneries sentimentales avant de rencontrer Jared. Matt fait vraiment partie de lui. Il sait où il est et ce qu'il fait presque tout le temps. Pas parce qu'il le surveille ; je ne crois pas qu'il se rende compte de ce qu'il fait. On dirait juste qu'il le sent. Je les ai observés, une fois, en train de cuisiner ensemble. Ils étaient chacun à un bout de la cuisine, dos à dos. Mais chaque fois que Matt se retournait pour lui filer un truc, Jared tendait déjà la main vers lui. Je sais qu'ils ne se connaissent que depuis un an et demi, pourtant je n'imagine pas Jared sans Matt. Avant il devait n'être qu'à moitié vivant.

L'amour de Matt pour Jared est complètement différent. Pour lui, ce n'est pas tant un sentiment de bonheur constant qu'une série de prises de conscience soudaines, intenses. Si on le regarde, la plupart du temps on n'imaginerait pas qu'ils sont en couple. Il passe juste du temps avec son meilleur pote. Mais une fois de temps en temps, il se tourne vers Jared et c'est comme si au lieu de son meilleur pote assis à côté de lui, il voit soudain la réponse à toutes les questions qu'il s'est jamais posées. Quand ça arrive, ça se voit sur son visage. C'est de l'émerveillement pur. Alors il ne peut pas s'empêcher de le toucher. Soudain, il faut un contact entre eux. Pour être sûr que Jared existe vraiment, j'imagine.

La façon dont Zach m'aime ressemble plus à cette façon d'aimer là. Pas exactement, quand même. Matt ne s'inquiète pas de perdre Jared. Zach s'inquiète tout le temps de me perdre. C'est qu'il n'est pas con. À mon avis, il sent qu'une part de moi flippe encore à mort. Cette petite voix en moi qui me dit tout le temps de filer à toute vitesse avant qu'il me blesse.

J'essaie de pas l'écouter. Je sais que Zach me vénère presque. L'amour de Zach est adorateur. Il ferait n'importe quoi pour moi. N'empêche, des fois cette voix est sacrément forte.

Il y a deux semaines, j'ai trouvé un second job, de la mise en rayon au supermarché trois soirs par semaines. Je sais que ça ne plaît pas à Zach. Il essaie de pas le montrer. Il essaie de me laisser de l'espace. Mais je sais aussi qu'il a l'impression que j'ai volé trois soirs au temps qu'on passe ensemble.

Il n'a pas tort.

Mais ce boulot calme l'oiseau trois soirs par semaine. Des fois pourtant, il n'y a pas grand-chose à faire. Ce soir ils me disent que je peux renter à une heure du matin. J'arrive à mon appart', j'arrive à mon lit. Il n'y a rien, à part Geisha. Ce n'est pas ici que je veux être. J'arrive chez Zach un peu avant deux heures. Il m'a filé une clef, bien sûr. J'entre, je vais dans la chambre, où il dort.

Je me déshabille et je suis sur le point de le rejoindre dans le lit quand il dit :

— Tu es là.

— Je peux ?

— Bien sûr. Je suis content que tu sois là. Je voudrais que tu sois là toutes les nuits.

Et voilà, il en veut toujours plus. Soudain je suis tellement énervé que je regrette de ne pas être habillé pour pouvoir juste ressortir. Je ne sais pas à qui j'en veux le plus, à lui d'en réclamer plus ou à moi de flipper toujours à mort. Je m'assois sur le rebord du lit, dos à lui, je mets la tête entre les mains, j'essaie de trouver quoi répondre.

— Qu'est-ce qui ne va pas ? demande-t-il tout bas, mais il y a de l'agacement aussi dans sa voix.

Soudain l'oiseau s'affole à nouveau dans ma poitrine. Je dois mettre la tête entre mes genoux, inspirer, expirer.

Il soupire. Je ne sais pas s'il nous en veut à tous les deux aussi ou seulement à moi. Il sort du lit, s'agenouille devant moi. Je me redresse. Il me regarde.

— Je n'ai même pas le droit de dire que je voudrais que tu sois là ?

— Tu n'es jamais content, hein ? je demande avec amertume. Je ne te suffirai jamais.

— Ce n'est pas ce que j'ai dit.

— C'est ce que tu voulais dire.

— Non, ce n'est pas vrai.

Je sens bien qu'il essaie de ne pas perdre patience.

— On dirait bien que je ne peux pas être ce que tu veux.

Il secoue la tête.

— C'est toi que je veux, Ang'.

— Des fois, on ne dirait pas.

— Bon Dieu, Ang' je te dis que… Si ! C'est toi qui es persuadé que je veux quelque chose que tu ne veux pas donner !

Il a l'air furieux, mais il ne crie pas. Il est assis là, à genoux devant moi, en boxer et rien d'autre.

— Il faut que tu arrêtes, Ang'. Arrête de décider que je veux dire plus que ce que je dis. Quand je dis que je voudrais que tu sois là avec moi, ça ne signifie pas que je te reproche ton absence. Je te dis juste ce que je ressens.

Il faut que j'y réfléchisse un instant. Ma colère s'évanouit super vite. Je n'y avais jamais pensé de cette façon. Chaque fois qu'il le dit, je crois qu'il est fâché. Qu'il essaie de me forcer à faire ce qu'il veut. Mais peut-être que ce ne sont que des mots. Comme quand il me dit qu'il m'aime.

— Angelo, avec toi j'ai l'impression de marcher sur des œufs. Je ne peux pas te demander de passer la nuit avec moi. Je ne peux pas venir chez toi. Je ne peux pas te dire que tu me manques. J'essaie de trouver l'équilibre entre tes limites, entre t'avoir et t'étouffer. J'ai l'impression que je n'y arrive jamais.

Je ne voulais pas qu'il le ressente comme ça. Je n'ai jamais pensé à ce que ça pouvait lui faire.

— Je ne sais pas comment tu me supportes, lui dis-je doucement.

— C'est parce que je suis dingue de toi, Ang'. Mais j'ai tellement peur de te perdre que je ne sais pas quoi faire. J'ai l'impression qu'au moindre faux pas tu es prêt à disparaître. Tu es comme un oiseau magnifique, incroyable, et d'un instant à l'autre tu t'envoleras et je ne te verrai plus jamais.

Je ne peux que sourire.

— Tu me vois comme un oiseau ?

C'est comme s'il savait, pour l'oiseau dans ma poitrine. Il le voit depuis le début.

Il répond à mon sourire, mais à peine. C'est un sourire triste. Il prend une de mes mains entre les siennes.

— Ang', si je m'approche tu seras parti avant que je dise ouf, mais si je t'enferme, tu vas te tuer contre les barreaux de la cage.

— Et moi qui ai dit que tu n'as rien d'un romantique.

— Je t'aime à en avoir mal, Ang'. Je sais que tu as horreur de l'entendre, mais…

— Non.

Je presse les doigts contre ses lèvres pour l'interrompre.

— Je n'ai pas horreur de l'entendre.

Je ne mens pas. J'adore quand il le dit. Je voudrais lui répondre sans que ce con de piaf me batte à mort.

— C'est juste que… je ne peux pas…

Je m'arrête. Je ne sais pas comment finir. Mais je n'en ai pas besoin.

Il prend mon visage entre les mains, me regarde dans les yeux.

— Tu n'es pas obligé.

— Je ne supporte pas quand tu m'en veux.

— Mais tu ne comprends pas, Ang' ? C'est ça, le problème. Parce que je ne t'en veux jamais.

— Vraiment ?

— Vraiment. J'essaie de te faire confiance et de te laisser faire les choses à ton rythme. Mais j'aimerais que toi aussi tu me fasses confiance. Je ne supporte pas de ne même pas pouvoir te dire ce que je ressens sans que tu décides que j'essaie de te forcer.

Il a raison. J'ai tout fait comme ça m'arrange et je me tire dès qu'il essaie de se rapprocher.

— Je suis désolé.

— Ce n'est pas la peine, Ang'. Mais n'aies pas si peur de moi non plus, d'accord ?

— J'essaie, Zach. Je fais tout ce que je peux.

Voilà que j'ai des larmes dans les yeux, alors je lutte contre elles. Je ne veux pas pleurer devant lui.

— Je sais.

— Je ne peux pas être encore comme eux.

Il ne demande pas de qui je parle, alors il comprend forcément que c'est de Matt et Jared.

— Je veux, hein, un jour. Je veux vraiment.

— Je comprends.

— Tu peux m'attendre ?

— Autant qu'il le faut.

— Tu m'en voudras ?

— Jamais de la vie.

— Tu peux me le dire là maintenant ?

— Je t'aime comme un fou.

— Zach ?

— Ouais ?

— Tais-toi et embrasse-moi.

Il s'exécute. Il est si tendre et si doux. Il me pousse sur le matelas, continue de m'embrasser, ses mains aimantes qui me caressent partout. Sans rien exiger. Donnant, simplement. Il murmure encore et encore à mon oreille qu'il m'aime. Et soudain un mur en moi s'effondre. Avant de comprendre, je pleure pour de vrai. Je ne veux pas, mais je n'arrive pas à retenir toutes ces larmes. Toute cette émotion que je n'imaginais pas, entassée en moi. J'ai été tellement sûr tout ce temps qu'il ne pouvait pas vraiment m'aimer. Qu'il aimait une idée qu'il se faisait de moi. Désormais toute cette tension, cette peur et cette colère, elles sortent. Je ne peux rien faire d'autre que m'accrocher à lui, et lui il continue à m'embrasser et à m'étreindre jusqu'à ce que mes larmes sèchent enfin. Jusqu'à ce qu'il ne reste que du désir.

Je nous déshabille, puis je me retourne pour être sur lui. Je sors le gel du tiroir et j'en mets sur lui.

— Tu n'es pas du tout un oiseau, dit-il soudain.

Je lui souris.

— Sans blague.

— Tu es un ange. Ta mère devait le savoir, parce que c'est comme ça qu'elle t'a appelé.

— Ça ne fait pas ça, les anges, dis-je en m'empalant sur lui, entièrement, pour le sentir m'emplir.

Je me penche pour l'embrasser, mais il m'arrête.

— Ang', est-ce que tu vas t'envoler ?

Quand on est comme ça, avec lui en moi, c'est comme si l'oiseau dans ma poitrine n'existait pas. Je l'aime tellement.

— Dis-le encore.

— Je t'aime.

— Non.

— Quoi, non ?

— Non. Je ne m'envole nulle part.

Zach…

APRES CETTE nuit-là, notre relation s'améliora beaucoup. Angelo cessa d'être aussi nerveux. Il passait chez moi presque tous les soirs et restait dormir plus souvent qu'à son tour. Geisha finit même à la maison, bien qu'elle ne veuille toujours rien avoir à faire avec moi. Angelo avait toujours besoin d'espace parfois, en général une à deux nuits par semaine seulement, mais parfois plus. Je ne me plaignais jamais, mais quand il revenait enfin, je lui disais toujours combien il m'avait manqué. Il m'embrassait alors et me répondait :

— Je sais.

Le vidéo club marchait bien. Angelo s'était lâché, il avait acheté toutes sortes de films en ligne à ajouter à la collection. Nous mettions lentement en place la partie cinéma. Nous achetâmes l'équipement de projection et le fîmes installer. Nous débâtîmes toute une semaine sur le choix de larges fauteuils confortables ou de tables avec des chaises de restaurant. En fin de compte, nous décidâmes de faire les deux : nous installâmes deux rangées de fauteuils de cinéma, puis fîmes construire une estrade derrière où se trouvaient les tables. Je trouvai un traiteur pour servir le dîner. Nous attendions toujours l'autorisation de servir à manger et à boire pour tout finaliser, mais nous avions l'intention d'ouvrir le week-end de Thanksgiving.

Je m'apprêtais à fermer un mercredi après-midi lorsqu'Angelo appela.

— Tu peux me récupérer chez Matt ?

Nous fermions à tour de rôle du mardi au jeudi, il était parti à quatorze heures ce jour-là.

À mon arrivée, ce fut Jared qui ouvrit la porte.

— Ils sont là-bas, dit-il en m'indiquant le bout du couloir.

Un vrombissement bizarre en provenait. Je me dirigeai dans cette direction.

— Prépare-toi ! plaisanta Jared.

Je me demandai de quoi il parlait, mais n'eus pas à le faire longtemps.

Matt et Angelo étaient dans la salle de bain. La porte était ouverte, Ang' penché sur le lavabo. Le vrombissement provenait d'une tondeuse électrique. Matt terminait de raser les cheveux d'Angelo. Ils avaient rallongé les lames,

142

alors ils n'étaient pas aussi brutalement courts que ceux de Matt, mais ça restait un sacré choc de voir tous ces cheveux dans le lavabo.

— Je vais chercher le balai, déclara Matt.

Il me passa devant, m'abandonnant sur le seuil à dévisager Angelo.

Ses cheveux, en brosse, faisaient à peine plus d'un centimètre.

— Salut, Zach ! lança-t-il joyeusement, me souriant. Tu en penses quoi ?

Je ne pus m'empêcher de répondre à son sourire. Je les touchai. Ils semblaient plus épais désormais.

— Qu'est-ce qui t'a pris ?

Sans perdre son sourire, il haussa les épaules.

— Pourquoi pas ? Ça faisait un moment que je ne les avais pas coupés.

Il avait l'air encore plus jeune, sans ses mèches. Ses yeux paraissaient immenses. Ils étaient du brun le plus profond, bordés de longs cils noirs.

— Tu n'aimes pas ?

C'était une question tranquille. Ce n'était pas du tout de la vanité. Il s'en serait fiché si j'avais dit non.

— Si.

Ça me donnait envie de toucher ses pommettes, de l'embrasser et de le regarder dans les yeux jusqu'à la fin des temps. Je regrettais follement qu'on ne soit pas à la maison tous seuls, plutôt que dans la salle de bain de Matt et Jared.

— Ça me plaît. J'arrive à voir ton visage !

Ça le fit rire.

Matt revint avec le balai, alors je dus sortir de la salle de bain pour lui faire de la place. Jared passa derrière moi, ses boucles blondes et désordonnées pendant autour de son visage.

— Ça te va bien ! lança-t-il à Angelo.

Ang' lui tendit la tondeuse.

— À ton tour !

Matt se déplaça si vite que je me demandai presque s'il avait des superpouvoirs. Il arracha la tondeuse des mains d'Angelo et le débrancha tout d'un coup.

— N'y pense même pas ! gronda-t-il.

Jared éclata de rire.

Nous étions tout juste en train de partir lorsque Matt lança soudain :

— Angelo, attends !

Il disparut dans le couloir et revint un instant plus tard avec un livre qu'il lui tendit.

— C'est celui dont je te parlais. Tu vas l'adorer, crois-moi.

Angelo n'avait pas l'air enthousiaste. En fait il était un peu pâle. Matt n'eut pas l'air de remarquer.

— Garde-le autant que tu veux.

— Merci, répondit Angelo, mais le cœur n'y était clairement pas.

Il garda le silence pendant tout le trajet, contemplant ce livre comme s'il s'agissait d'un serpent qui risquait de le mordre.

On entend toujours parler de ces enfants qui sortent du lycée sans savoir lire, pourtant je savais que ce n'était pas son cas. Oui, il avait quitté l'école à seize ans, mais ça ne faisait pas de lui un illettré. Je l'avais vu lire les résumés à l'arrière des DVD, écrire des listes d'inventaire et j'avais lu des mots qu'il m'avait laissés. Son orthographe laissait à désirer et il n'avait pas l'air de savoir ce qu'était une apostrophe. Mais ça ne signifiait qu'il ne savait pas lire.

— Tu veux en parler ?

— De quoi ?

— Du livre.

— Il n'y a rien à en dire.

— D'accord.

Ça le tourmentait, mais il ne dirait rien avant d'être prêt, alors je patientai. Une fois de retour chez moi, j'allai dans la cuisine préparer le dîner – des lasagnes. Quelques soirs par semaine, je cuisinais moi-même. J'étais sidéré du bien que ça faisait d'avoir une vraie maison, avec une vraie cuisine. Et Ang' avec moi, au moins pour ce soir. J'ouvris une bouteille de vin et me versai un verre lorsqu'il me rejoignit.

Il m'observa quelques instants. J'attendis. Je sortis les pâtes de l'eau et grillai la saucisse, sans cesser d'attendre. Enfin, il déclara :

— Je ne peux pas le lire.

— Pourquoi ça ?

Il s'affaissa sur le comptoir. Il avait l'air si jeune et désabusé. Je ne savais pas s'il fallait rire ou l'enlacer.

— Je ne peux pas, c'est tout.

J'attendis encore, mais il semblait qu'il n'avait rien d'autre à ajouter. Je posai le fromage que j'étais en train de râper, me tournai vers lui et m'appuyai contre le plan de travail.

— Si tu n'as pas envie de le lire, ne le lit pas. Mais si tu décides de ne pas le lire parce que tu crois ne pas pouvoir, je ne suis pas certain que ce soit une raison valable.

Il me regardait d'un œil sceptique. Je me creusai la tête, bus un peu de vin et trouvai enfin quelque chose au fin fond de mes souvenirs.

— C'est comme quand Luke Skywalker apprend pour la première fois à se servir de son sabre-laser. Ben lui met un casque avec la visière baissée. Luke dit qu'il ne peut pas. Mais une fois qu'il décide de faire confiance à Ben et qu'il essaie, ça marche.

Triomphant, je lui souris. Il me rendit mon sourire à contrecœur.

— Tu es fier de toi, hein ?

J'éclatai de rire.

— Eh bien oui !

Mais aussi vite qu'il était apparu, son sourire disparut.

— Je ne veux pas que Matt sache que je ne peux pas le lire.

— Je ne comprends toujours pas trop pourquoi tu ne pourrais pas.

Il soupira et vint s'appuyer contre moi, les yeux levés vers moi. C'était étrange de voir son visage, au lieu qu'il soit dissimulé par ses mèches.

— Il faut être intelligent pour lire des livres.

— Tu ne te trouves pas intelligent ?

Il secoua la tête.

— Je n'ai même pas fini le lycée.

Pour la première fois, je n'eus pas à écarter ses cheveux pour le regarder dans les yeux.

— Je ne sais même pas par quel bout commencer, là. Premièrement, tu n'as pas besoin d'être intelligent pour lire des livres. Il y a plein d'idiots qui en lisent. Crois-moi, savoir lire ne veut pas dire savoir réfléchir. Ensuite, avoir ou non terminé le lycée ou même être allé à l'université n'a rien à voir avec l'intelligence. Oui, tu as arrêté tes études, mais Ang', tu n'es pas du tout bête. Et un truc comme ça, c'est exactement ton point fort.

— Lire ? demanda-t-il, dérouté.

— Pas lire, spécifiquement, mais comprendre les choses. Trouver leur sens profond.

Il secoua la tête et répondit avec franchise :

— Je ne vois pas de quoi tu parles.

— D'accord, je vais te le prouver. C'est quoi ce film qu'on a regardé l'autre soir, avec Mel Gibson ?

— *Signs*.

— C'est ça. De quoi ça parlait ?

Parce que sincèrement, je n'avais pas compris. Je l'avais juste trouvé bizarre.

— De la foi.

Il répondit comme si c'était la chose la plus évident au monde.

— Sérieusement ?

— Ben, ouais.

Je voyais bien qu'il ne comprenait pas pourquoi je posais la question, il continua quand même :

— Tu vois, sa femme est morte dans cet accident bizarre. Mais elle a survécu assez longtemps pour lui transmettre un message. Et même s'il a perdu la foi après ça, ce message finit par le sauver lui et sa famille. Alors peut-être que ce n'était pas un accident finalement, non ? Peut-être que c'était écrit. Et cette petite fille était flippante avec son eau, mais c'est aussi en partie ce qui les a sauvés. Des petits trucs qui finissent par les aider. C'est comme ce qu'a dit son frère : tu peux y voir une coïncidence ou tu peux croire que ça a un autre sens. Alors à la fin, il retrouve la foi.

— Ang', tu sais ce que je croyais que c'était ?

— Quoi ?

— Des extra-terrestres.

Il éclata de rire.

— Ouais, d'accord, mais en fait pas vraiment !

— C'est de ça dont je parle, Angelo. J'ai fait spécialité littérature au lycée et j'en ai fait à la fac, mais toutes ces conneries de thèmes et de symbolisme, je n'y ai jamais rien compris. J'ai toujours pensé que c'était n'importe quoi. Mais toi, tu comprends.

Il prit l'air pensif. Je voyais les petits rouages tourner dans son regard sombre.

— Je peux compter sur les doigts de la main le nombre de bouquins que j'ai lu depuis la fac, alors tu ne vas pas baisser dans mon estime si tu ne veux pas le lire. Mais tu devrais essayer. Ça pourrait te plaire. T'ouvrir un tout nouveau monde.

Je l'avais presque convaincu. Ça se voyait. Il avait envie de me croire.

— Lis le premier chapitre pour voir. Si tu n'aimes pas, alors arrête. Qu'est-ce que tu as à perdre, Ang' ?

Soudain il me sourit, un vrai sourire, sans plus aucun doute dans son regard. C'était magnifique à voir.

— Zach…

Il passa les bras autour de mon cou et me regarda droit dans les yeux. Je savais ce qu'il essayait de dire. Il ouvrit même la bouche, mais c'était comme si les mots étaient incapable de sortir de sa gorge.

Je l'enlaçai et l'embrassai.

— Je sais.

Il appuya la tête contre ma poitrine, et nous restâmes un instant là. Puis il me sourit soudain et se mit à déboutonner mon pantalon. J'en durcis immédiatement. J'essayai de l'embrasser, mais il s'écarta et s'agenouilla devant moi. Il baissa mon pantalon juste assez pour qu'il ne gêne pas, puis sa bouche fut sur moi.

J'étais convaincu que personne au monde ne savait faire une fellation comme Angelo. C'était incroyable. Je n'avais jamais su faire de gorge profonde, mais lui oui. Il me suça entièrement, je dus m'agripper au comptoir pour ne pas tomber. Il avait cette façon mystérieuse de donner l'impression que la langue titillait constamment ce point sensible sous ma fente, même quand j'étais si loin dans sa bouche que j'en sentais son nez contre mon pubis. Je lâchai le comptoir d'une main, mais sans savoir quoi en faire. Je voulais le toucher, mais je savais que je ne devais pas lui toucher la tête. Je me contentai d'agripper son tee-shirt. Il passa les mains de mes cuisses à mes hanches, sur mon ventre, puis les redescendit. C'était fabuleux, sa bouche chaude et ce qu'il faisait avec sa langue. Je voulus lui dire avant de jouir, mais je ne réussis qu'à étrangler son nom avant d'être emporté.

Lorsque je repris mes esprits, on aurait dit que des siècles s'étaient écoulés. Il était debout devant moi, me retenant à moitié. Sa chemise était déboutonnée et il embrassait mon torse. Je l'enlaçai et tendis la main vers sa ceinture.

— Dis-moi ce que tu veux, Ang. Je ferais tout ce que tu veux.

Il leva alors les yeux vers moi, et peu importe qu'il puisse ou non prononcer les mots, ils étaient écrits dans son regard. Il repoussa ma main.

— Tu l'as déjà fait, Zach.

Je réussis enfin à préparer les lasagnes et emportai mon verre de vin dans le salon. Il était sur le canapé. Il lisait.

... Angelo

JE ME réveille dans le lit de Zach, tôt le dimanche matin. On s'est écartés l'un de l'autre pendant la nuit, comme d'habitude.

Je ne passe pas toujours la nuit ici. Des fois, il faut que je rentre à la maison. C'est la nuit que c'est le plus dur, d'empêcher ce con d'oiseau de s'affoler suffisamment longtemps pour m'endormir. Mais le matin, c'est facile. J'adore entendre Zach respirer à côté de moi à mon réveil.

Je le regarde dormir un instant. Il commence à avoir de toutes petites rides au coin des yeux. Il jure qu'il a trouvé un cheveu gris l'autre jour. Il rigolait, mais ça se voyait que ça le perturbait un peu.

J'ai vu des photos de son père. Il a les même cheveux bruns que Zach mais avec du gris sur les côtés. Je sais que Zach sera comme ça aussi. Il sera toujours aussi mignon, mais un peu plus distingué. Ça va être super sexy. J'aime bien me dire que je serai là pour le voir.

Je me rapproche, le secoue un peu. Il se réveille juste assez pour passer un bras autour de moi et m'attirer tout contre lui. Câliner. C'est niais comme expression. Je ne le dirais jamais à voix haute, mais c'est ça le mot, et c'est mon moment préféré du matin. J'adore son corps contre le mien, son petit soupir quand il se relâche et le moment où je sens qu'il se réveille pour de vrai et durcit contre moi.

Il émet ce son que j'adore : mi-soupir, mi-gémissement. Il resserre les bras autour de ma taille, puis il me donne un coup de rein.

— Désolé de te réveiller, je dis en souriant.

Je sais qu'il sourit aussi quand il répond :

— Menteur. Tu adores me réveiller.

Bien sûr, il a raison.

Je me presse à nouveau contre lui, et cette fois il gémit pour de vrai.

— Je peux arrêter et te laisser te rendormir.

Des fois ça arrive. Des fois on se titille seulement un peu avant de se rendormir ensemble. Mais aujourd'hui il rigole et dit :

— Pas question, mon ange.

Des fois il m'appelle comme ça, maintenant. C'est con, mais ça me fait toujours sourire.

On peut passer un temps fou comme ça, juste à se presser l'un contre l'autre. Au bout d'un moment il baisse mon boxer, puis le sien. Il me retourne lentement sur le ventre. Son poids sur mon dos, c'est de la pure perfection.

— Ang', me demanda-t-il tout bas, tu veux bien ?

Il demande toujours. C'est bizarre, quand même, mais c'est mignon.

— Oui.

Il sort le gel du tiroir. Il est toujours sur moi, à m'embrasser la nuque. Puis je sens un doigt glisser en moi. Je retiens un instant ma respiration, il gémit en réponse. Des fois il m'excite comme ça jusqu'à l'orgasme, rien qu'avec ses doigts contre ce point sensible en moi, pendant que je me frotte contre le lit. Mais pas aujourd'hui.

Son doigt disparaît, puis sa verge pousse contre moi. Il est incroyablement, horriblement lent. Pas de coup de rein. Il pousse doucement, un petit mouvement à la fois. Il m'embrasse toujours la nuque et me murmure qu'il m'aime. Bougeant à peine, juste à peine contre moi. C'est la plus douce des tortures. Je résiste à l'envie de me presser contre lui, mais l'attente me fait gémir un peu.

— J'adore quand tu fais ça, dit-il, puis il me pénètre encore un tout petit peu.

Il est à moitié en moi maintenant, et je suis à deux doigts de l'orgasme. Je me sens tellement écarté, tellement étreint que j'arrive à peine à respirer. C'est délicieux et terrifiant à la fois. Je ne sais pas si je dois le supplier de continuer ou de me prendre pour de vrai pour que je jouisse enfin.

— Zach ? je murmure.

— Chhhut.

Un autre petit coup.

— Comme ça, Ang'.

Il glisse la main sous mon ventre, jusqu'à ma verge.

— Est-ce que je peux te faire jouir comme ça ?

Il referme la main sur moi, il me caresse à peine.

— Juste comme ça ?

— Oui !

C'est presque un sanglot.

— Parfait. Je ne suis pas loin non plus, Ang'.

Sa main bouge, me touche, me caresse comme il faut, exactement comme j'aime. Il me connaît si bien. Puis il donne ce dernier petit coup et ça suffit. C'est fantastique, un soulagement aussi, rapide, aussi puissant. Je retiens ma respiration si longtemps que je commence à voir des points noirs. Mon corps se resserre sur lui, et il jouit à son tour.

Je réussis enfin à reprendre mon souffle. Il est toujours sur moi, à couvrir ma nuque et mes épaules de baisers.

— Demain je te laisse dormir, je lui dis.

Il se marre.

— J'espère que non !

Il roule sur le côté et je sors du lit. Mais lui non. Dans une heure ou deux, il ira courir, mais pour l'instant il tire les draps par-dessus sa tête et se rendort tout de suite. Comme toujours. Un truc de plus que j'aime chez lui.

Un peu plus tard dans la matinée, je traîne encore sur le canapé en survêtement quand Matt frappe à la porte. Je sais tout de suite que c'est lui parce que n'importe qui d'autre aurait sonné. Au lieu de ça Matt la cogne, comme si elle l'avait personnellement insultée et qu'il est là pour la remettre à sa place. Sûrement un truc qu'on apprend à l'école des flics.

Et bien sûr, quand j'ouvre la porte, c'est lui, appuyé contre l'encadrement, Jared derrière lui.

— C'est quoi ton problème ? je demande.

Jared a l'air un peu surpris, mais Matt hausse seulement les sourcils. Il ne répond jamais à mes provocations.

— Habille-toi, me dit-il avant de rentrer dans la maison. Mets un truc chaud.

— On va où, putain ?

— À l'église ! s'exclame Jared avec beaucoup trop d'enthousiasme.

Surtout qu'il ne croit pas en Dieu.

— Tiens, tu peux mettre ça.

Et il me tend un tee-shirt des Broncos de Denver.

— Quoi ?

C'est tout ce que j'arrive à dire.

— On a un ticket en plus pour le match, m'annonce Matt. Va t'habiller. Il ne faut pas qu'on manque le coup d'envoi.

Dans la chambre, Zach est à nouveau réveillé. Probablement depuis que brute épaisse a cogné à la porte.

— Qu'est-ce que Matt fait là à cette heure-ci ? me demande-t-il.

Je rampe sur le lit, je m'allonge sur lui pour le regarder dans les yeux.

— Je peux prendre un jour ?

Ça le fait marrer. Il trouve ça toujours drôle quand j'agis comme s'il est mon boss et pas mon mec. Il est les deux, bien sûr, mais je suis content qu'il ne laisse pas l'un influer sur l'autre.

— Sérieusement, Zach. Ils veulent m'emmener au match de foot, mais je suis censé bosser aujourd'hui.

Il m'enlace, me caresse un peu du bout du nez.

— J'imagine que je survivrai une journée sans toi.

Il glisse les mains le long de mon dos, sous mon pantalon. Il n'y a qu'un drap entre nous, il se frotte un peu contre moi. Ça ne fait que deux heures, mais il est déjà prêt à y retourner.

— Tu es sûr que ça ne te gêne pas ?

En fait, il me donne des idées sur tout ce qu'on pourrait faire d'autre ce matin.

— Ça ne me gêne pas, murmure-t-il.

Il me serre plus fort contre lui et se frotte encore contre moi, puis il me fait un sourire malicieux.

— Mais tu devras te faire pardonner plus tard.

— Promis, je lui réponds en lui souriant.

C'est là que Matt hurle depuis le salon :

— Ça suffit, tous les deux ! Ang', on doit y aller !

Zach rigole et me lâche. Je m'habille, l'embrasse une dernière fois avant de partir. Puis on grimpe dans la voiture de Jared, moi à l'arrière, en route pour Denver.

— Désolé de prévenir au dernier moment, me dit Jared. Ça aurait dû être la place de Brian, mais il est malade.

— En plus, ajouta Matt par-dessus son épaule, il veut pouvoir changer de chaîne quand les Colts botteront le cul des Broncos.

Jared le fusille du regard, ça me fait marrer.

On laisse la voiture à un parking en-dehors de la ville et on prend le bus jusqu'au stade, Jared m'assure que c'est beaucoup mieux que de se garer dans le centre. Je suis surpris en arrivant. J'ai déjà vu le stade d'Invesco Field, mais jamais d'aussi près. Bizarrement, il est plus grand que je l'avais jamais imaginé. La fête qui bat son plein tout autour du stade me surprend aussi.

Matt et Jared parlent de Peyton Manning et de rush et d'équipes spéciales et d'un tas de trucs qui pourraient tout aussi bien être du chinois pour moi. Peu importe. Ce n'est pas comme si je les écoutais. Je suis trop occupé à observer tous ces gens. On dirait un cirque de bleu et d'orange. Tout le monde est à fond, on ne peut pas s'empêcher de se sentir un peu entraîné.

Mon enthousiasme redescend quand on rentre et qu'on se met à grimper. Et grimper, grimper, grimper. Il y a un escalator, mais il y a une immense queue de gens qui attendent de le prendre. Matt et Jared ne le regardent même pas. Ils le dépassent complètement et bien sûr je les suis. On monte, on monte, on monte.

— Putain, mais on est assis où ? je finis par demander.

— Cinquième niveau, me répond Jared. Au milieu de l'extrémité nord. C'est là qu'ils filment les coaches, tu sais. Ce sont en fait de très bonnes places.

— En plus, me souffle Matt, elles ne sont pas chères.

Jared se marre.

— Aussi !

On arrive enfin à nos sièges et on fait signe à un vendeur de bière. Le meilleur moment de tout ce truc, c'est avant le match. L'équipe sort, et puis une fille avec une voix de fou chante l'hymne nationale. Ensuite les jets nous survolent. Ils arrivent du sud, alors on les voit bien : droit sur nous et par-dessus nos tête, si près qu'on sent carrément le vent qu'ils dégagent et si bruyants que le stade en tremble. La foule se déchaîne, ça suffit presque à me filer la chair de poule.

Le match commence enfin. Je ne suis pas vraiment un fan de foot, alors des fois j'ai du mal à comprendre ce qu'il se passe. Il y a des moments où je voudrais demander à quelqu'un ce qui vient de se passer. Mais il n'y a personne. Je ne sais pas comment on s'est retrouvé avec Jared au milieu, Matt et moi à l'encadrer. Jared est tellement pris par le match que je n'essaie même pas de lui parler. Je vais certainement pas causer à la bonne femme complètement cinglée qui est de mon autre côté. Elle a de la peinture bleue et orange sur tout le visage et elle n'a pas arrêté de crier. Elle me fait flipper. Je regrette que Matt ne soit pas assis à côté de moi. C'est aussi un grand fan, mais son équipe ne joue pas, alors au moins il m'aiderait à piger ce qui se passe.

La mi-temps arrive enfin.

— Tes boulets sont en train de perdre ! jubile Matt, balançant à Jared ce demi-sourire mal foutu au lieu d'un vrai. C'est toi qui payes, on dirait bien !

Jared râle mais tend ses jumelles à Matt et va acheter de la bière. Après son départ, je vois que Matt se sert des jumelles pour scruter un truc sur le terrain.

— Qu'est-ce que tu regardes ?

— Les pom-pom girls, me répond-il sans quitter le terrain des yeux. Quoi d'autre ?

Et effectivement, quand je fais enfin attention, je les vois danser dans la zone en-dessous de nous.

— Sérieusement ?

Il baisse les jumelles et me regarde comme si je lui avais demandé si le ciel est bleu.

— Ouais, pourquoi ?

— Tu mates vraiment des meufs ?

Il rougit un peu sans répondre. Il m'a dit qu'il était hétéro avant Jared. N'empêche, tout ce temps je pensais qu'une fois qu'il avait décidé d'être avec Jared, il était devenu homo comme nous autres. Je n'aurais jamais imaginé qu'il préfère encore les femmes.

— Tu mates aussi les mecs ?

Il s'appuie au dossier de son siège et secoue la tête.

— Non.

— Et Jared ?

— Quoi Jared ?

— Tu le mates, non ?

Il hausse les épaules.

— Ce n'est pas pareil.

— Comment ça ?

— Ce n'est pas pareil, c'est tout.

Il se met à gratter l'étiquette de sa bouteille de bière, comme il fait toujours quand il est mal à l'aise.

— Parce que je suis avec lui. Et à cause de ce que je ressens pour lui.

— Mais il t'attire, non ?

Il me jette un regard de côté, exaspéré, et recommence à gratter l'étiquette.

— Tu sais bien que oui.

— Tu aimes le mater ?

— Bien sûr.

Il a l'air sur la défensive, maintenant, je me demande s'il vaudrait mieux que je lâche l'affaire. Mais je n'y arrive pas.

— Tu sais qu'il est bandant, non ?

Il tourne la tête vers moi si vite que j'ai cru qu'il allait avoir le vertige.

— Quoi ?

— Jared, il est bandant. Tu le sais, non ? Il a ce côté surfer. Bien foutu grâce à tout ce vélo. Sourire superbe. Toutes ces taches de rousseurs.

Plus je parle, plus il est mal à l'aise. Et plus que ça, je crois qu'il s'énerve. Je n'ai encore jamais vu Matt perdre son sang-froid. Je sais que je ne devrais pas, mais maintenant que j'ai trouvé son point faible je ne peux pas m'empêcher de l'exploiter.

— Il a des taches de rousseurs partout ? Il a un joli petit cul, alors... S'il a des taches de rousseurs dans le dos aussi, j'imagine bien que…

— Non mais ça va pas ? explose Matt, m'interrompant.

Il ne crie pas, mais il est écarlate, et clairement perturbé.

— Arrête de parler de lui comme ça !

— Comment ? je demande, aussi innocemment que possible.

Il bredouille un instant, il essaie de trouver quoi répondre. Finalement il lâche :

— Tu l'as reluqué ?

Là je me marre.

— Bien sûr ! Et alors ?

— Alors, tu n'as pas intérêt à le toucher !

— Je regarde juste.

— Alors arrête de regarder !

— Tu as peur que je te le pique ?

Il se retourne vers le terrain, se ratatine sur son siège et garde le silence. J'ai du mal à ne pas rigoler. Jared revient là-dessus. Il nous regarde à tour de rôle, moi qui lui sourit de toutes mes dents et Matt qui a quasiment de la fumée qui lui sort par les oreilles, et demande :

— Qu'est-ce qui se passe ?

— Je disais juste à Matt que…

— Rien ! m'interrompt sèchement Matt.

Jared se tourne vers moi, je lui souris.

— Ça doit être rien, alors.

Il a l'air amusé, mais il nous tend chacun une bière et fait mine de s'asseoir à sa place entre nous. Matt saute sur ses pieds comme un diable saute de sa boîte.

— Non !

Jared se fige, à moitié assis, et cette fois je rigole vraiment.

— Qu'est-ce qui ne va pas ?

Ça se voit que Matt regrette un peu son exclamation, mais autant dire quelque chose, maintenant.

— Assieds-toi là, dit-il à Jared en montrant sa place à lui. Je veux être à côté d'Angelo.

Jared a l'air un peu paumé, et qui peut le lui reprocher ? Matt est clairement furax contre moi, mais voilà qu'il veut s'asseoir à côté de moi ? Pourtant il ne proteste pas et ils échangent de place.

En s'asseyant, Matt me foudroie du regard. Il fait exprès de ne pas me parler, je n'insiste pas. Je reste là, à boire ma bière, et j'attends.

Pas besoin d'attendre longtemps. Rapidement, je le vois mater Jared. Il le regarde un peu de côté, du coin de l'œil. Jared surveille le terrain où les joueurs sont en train de revenir alors il ne remarque rien. Mais moi je le vois. Matt affiche à nouveau cet air émerveillé, comme à chaque fois qu'il se rappelle combien il l'aime. Enfin, il se penche vers Jared, attrape une de ses mèches et murmure quelque chose à son oreille. Jared sourit et rougit jusqu'à la racine des cheveux, ce qui, pour dire vrai, est carrément trop mignon à voir. Matt le relâche et s'appuie contre son siège à côté de moi.

Il soupire et me jette un regard méfiant.

— Tu es un trou du cul, me dit-il, mais il plaisante à moitié.

Il revient à la normale.

— Je sais.

Je le laisse tranquille quelques minutes. J'attends qu'il se détende encore un peu, puis je dis :

— Tu sais que je déconnais, hein ?

Il soupire et répond avec résignation :

— Je sais.

— Tu t'es complètement fait avoir.

Il lève les yeux au ciel.

— Je sais.

— Tu sais que Jared est tellement dingue de toi qu'il ne regarderait jamais un autre mec, hein ?

Il sourit un tout petit peu.

— Ouais.

— Tu sais que tu fais cent-cinquante kilos de plus que moi et que tu pourrais probablement me rétamer la gueule si je tentais quoi que ce soit, hein ?

Il me regarde enfin et sourit.

— Comment ça, probablement ?

Je me marre.

— On fait la paix ?

Parce que même si j'adore le voir perturbé, en vérité je ne veux pas qu'il m'en veuille vraiment.

— Ouais, répond-il en se tournant vers le match. On fait la paix.

Il boit un instant sa bière en silence, puis il me donne un coup de coude.

— Au fait, Angelo ?

— Ouais ?

— Pas beaucoup de taches de rousseur. Mais il a un immense tatouage entre les omoplates. Même plus grand que le tiens.

— *Jared* ? je demande, stupéfait.

— Ouaip.

— De quoi ?

Il me fait un sourire malicieux.

— Ça, je ne te le dirais pas.

Ça me fait rigoler.

— Mais c'est sexy, non ?

Il me fait un clin d'œil.

— Tu n'imagines même pas !

Et la deuxième mi-temps commence. Mais cette fois je peux parler à Matt. Et bien sûr, c'est ce que je voulais depuis le début.

APRÈS LE match, Jared me laisse le siège avant. Il a bu plus que Matt ou moi au match. Il s'allonge autant que possible à l'arrière et s'endort avant même qu'on soit sorti de Denver.

— Est-ce que vous venez chez Lizzy pour Thanksgiving, Zach et toi ?

Lizzy nous invite à dîner au moins une fois par semaine depuis qu'on a emménagé à Coda. Au début j'avais horreur de ça. Être assis là avec la putain de petite famille parfaite de Jared. Lizzy qui sait toujours tout mieux que tout le monde. Les mères de Jared et de Matt qui essaient toujours de me parler. Au début, j'ai refusé d'y aller. Mais après j'ai vu combien Zach détestait s'y rendre sans moi. Il essaie de ne pas me le montrer, mais en vrai il est nul pour cacher ses sentiments. Alors maintenant j'y vais.

Ces derniers temps, ce n'est pas trop mal. J'ai commencé à m'habituer à Lizzy et aux mères. À piger comment faire partie du tout. Plus important, à voir que la famille de Jared est pas aussi parfaite que ça. Je ne peux pas l'expliquer, mais ce simple truc fait toutes la différence pour moi. Des fois ils se chamaillent. Des fois ils se disent des trucs blessants. Une fois la mère de Matt a fait un commentaire à la con, comme quoi elle regrettait quand même de ne pas avoir des petits-enfants à elle. Je ne crois pas qu'elle se rendait compte de combien ça blesserait Jared, d'entendre ça. Comme si elle le lui reprochait. Il a quitté la table, sa mère a rabroué celle de Matt, qui s'est mise à pleurer. Lizzy s'en est mêlée. Assez vite on aurait dit que Zach et moi on était les seuls à ne pas en avoir après quelqu'un.

Bizarrement, tout s'est réglé. Quand Lizzy a apporté le dessert, tout le monde souriait à nouveau.

Juste comme ça.

Quoiqu'il arrive, ils se pardonnent toujours.

Matt attend toujours ma réponse, alors je dis :

— Ouais, a priori on vient.

— Bien.

Il me fait un clin d'œil.

— Je passerai un meilleur moment si tu es là.

Je suis presque sûr qu'il dit ça pour que je vienne, mais je ne commente pas.

— Tu t'entends bien avec ta mère ?

Ma question a l'air de le surprendre. C'est vrai qu'elle sort un peu de nulle part. Mais il enchaîne :

— Ça va, oui. Ça n'a pas toujours été comme ça. Surtout quand elle était toujours mariée à mon père. Mais ça va beaucoup mieux maintenant.

— Tout ce qui s'est passé avant... vous faites comme si ce n'était pas arrivé ?

Il haussa les épaules.

— Autant qu'on peut, en quelque sorte. J'ai passé l'éponge. C'est ma mère, après tout.

— Et ton père ? Tu crois que tu lui reparleras un jour ?

Il me regarde d'un air bizarre, mais répond quand même :

— J'imagine que ça dépend de lui.

— Pourquoi ?

— Pour beaucoup de raisons, vraiment, mais la plus importante, c'est Jared.

— Il n'aime pas Jared ?

— Il n'aime pas le fait que Jared et moi on soit ensemble.

— Alors s'il s'en remettait, tu lui pardonnerais ?

Cette fois il me regarde vraiment bizarrement.

— C'est quoi toutes ces questions, Angelo ?

Je hausse les épaules et je me détourne de lui. On est maintenant sortis de Denver, en route pour les montagnes, alors je regarde les arbres défiler par la fenêtre.

— Tu penses à contacter ta mère ?

Je ne réponds pas. Je n'ai plus besoin. Il me connaît trop bien.

— Elle a fait le premier pas, Angelo. Ça demande un sacré courage, si tu veux mon avis.

— Je suis à peu près certain de ne pas te l'avoir demandé.

Bien sûr il ne se laisse pas avoir. Il continue à parler comme si je n'avais rien dit.

— Certaines blessures prennent plus de temps à guérir que d'autres, Angelo. Tu n'as à lui pardonner tout de suite. Mais c'est ta mère.

Je ne lui réponds pas, alors soudain il me donne un coup de poing dans le bras, juste pour avoir mon attention. Il veut être sûr que je l'écoute. C'est censé être un petit coup amical, mais je vais probablement finir avec un bleu. Il attend que je le regarde dans les yeux. Puis il dit :

— Ça ne peut pas faire de mal de lui donner une seconde chance, si ?

C'est la question à un putain de million de dollars, non ? En tout cas, je n'ai pas la réponse.

Zach…

— TU SAIS que Matt a jamais été avec un autre mec que Jared ? Que des filles avant lui.

Nous étions au lit, il était à moitié allongé sur moi, le menton sur mon torse.

Je repensai à ce qu'Angelo avait dit à Folk Fest, que Matt était l'homo le plus hétéro qu'il avait jamais rencontré. Je ne l'aurais pas dit de cette façon, mais je voyais exactement ce qu'il avait voulu dire.

— Ça explique pas mal de choses.

Angelo prit l'air pensif avant de demander soudain :

— Tu as déjà été avec une fille ?

Cette question me surprit.

— Oui. Ça fait longtemps, mais au lycée et à l'université, j'ai couché avec quelques filles.

— Et tu as joui ?

Il était si sérieux que je m'empêchai de rire.

— Bah, oui. Ce n'était jamais aussi bien qu'avec d'autres hommes, mais ça allait, plus ou moins.

Il eut encore l'air de réfléchir.

— Tu n'as jamais été avec une fille ?

Il secoua la tête.

— Tu as toujours su que tu étais gay ?

Il haussa les épaules.

— Je crois, ouais.

Il garda un instant le silence.

— Je n'y avais jamais vraiment réfléchi avant le premier mec. J'avais d'autres problèmes. Passer d'un foyer à un autre. Changer de bahut tout le temps. Quand je m'habituais à un, ils me bougeaient ailleurs. Jamais eu d'amis. J'ai planté toutes mes classes. Rien que d'être un gosse placé en famille d'accueil, on aurait dit que ça suffisait aux profs pour décider que j'étais un raté, avant même que j'aie l'occasion de ne pas en être un. Dans tous les bahuts, des connards de footeux essayaient de montrer combien ils étaient forts en me cherchant des noises. Je n'avais pas encore appris à me battre. Ou

159

à ne pas me battre. J'étais encore plus petit, à l'époque. Alors j'allais où on me disait d'aller et je ne me faisais pas remarquer. Je ne pensais pas vraiment ni aux mecs ni aux nanas, en fait. Pas que je m'en souvienne.

Il fit une courte pause puis reprit.

— Juste avant d'avoir seize ans, on m'a placé dans une nouvelle famille. Ils avaient un fils. Bobby. Il avait dix-sept ans. On partageait une chambre. Un matin je me suis réveillé et je l'entendais... se masturber, tu sais ? Ça m'a excité alors je me suis retourné pour le regarder. Il a vu que je le matais. Il a dû se rendre compte que ça me plaisait parce qu'il a repoussé les draps pour que je voie tout. Quand il a joui, moi aussi, sans même me toucher. Alors, cette nuit-là, quand on est allés se coucher, il a recommencé, mais il a dit : 'Fais-le aussi'. On s'est masturbés en se regardant. Et le lendemain matin aussi. Le soir d'après, on a recommencé, mais là il s'est mis dans mon lit. Au début on s'enlaçait mais on ne se touchait pas. C'était déjà vachement excitant, mais soudain je l'ai senti me prendre le sexe.

Au fur et à mesure qu'il parlait, Angelo s'empourprait lentement. Je le sentais durcir contre ma jambe.

— Je crois que j'ai tenu deux secondes à peine après ça.

Il cligna des yeux vers moi puis les ferma, comme s'il avait honte et ne pouvait pas me regarder en face.

— Ça fait onze ans et je me souviens quand même exactement de ce que j'ai ressenti la première fois qu'il m'a touché.

— Il n'y a pas de quoi avoir honte, Ang'.

Il rouvrit les yeux.

— Je me sens coupable. Ça m'excite encore d'y penser. J'ai l'impression que ça ne devrait pas, maintenant que je suis avec toi.

Je lui souris.

— Ne sois pas ridicule. Moi aussi ça m'excite et je n'étais même pas là !

Ça sembla le réconforter.

— Tu l'aimais ?

— Oh non. Ce n'est pas comme si on était potes. On se parlait à peine. On se masturbait juste ensemble.

— C'était ton premier ?

— Premier que j'ai baisé ? Non, on ne l'a jamais fait. Tout le reste oui, par contre.

— Qu'est-ce qui s'est passé ensuite ?

— Deux semaines après que j'ai eu seize ans, sa mère nous a surpris. Elle a complètement pété un plomb. Elle m'a traité de pervers et de monstre.

Elle a dit qu'elle appellerait les services sociaux à la première heure pour qu'ils me foutent ailleurs. Je me suis dit, pas question d'aller encore dans une autre famille d'accueil. Alors j'ai fait mes bagages et me suis tiré. Je ne l'ai jamais revu.

Je me demandais si je m'habituerais jamais à son passé et cette façon pragmatique qu'il avait d'accepter des choses qui semblaient si difficiles. Ça me rendait fou que personne ait été là pour le défendre.

— Je suis désolé, Ang'.

— Ce n'est pas la peine.

Il haussa les épaules et me fit un petit sourire.

— C'est sans importance. En fait c'était plus facile pour moi. Imagine ce que ça a dû être pour Bobby après ça. Devoir affronter sa mère. Je n'ai jamais eu à en parler à ma famille, de tous ces trucs-là. Je n'ai jamais eu de crise d'identité sexuelle comme certains mecs quand ils se rendent compte qu'ils sont homos. J'étais tout seul, je savais ce que j'aimais et c'est tout, tu vois ?

Pendant un instant, il eut l'air perdu dans ses pensées. Puis il m'accorda à nouveau son attention.

— Ça ne te gêne pas, que je parle de Bobby ?

— Non. Si c'était arrivé récemment, ça me gênerait peut-être plus. Mais c'était il y a longtemps. Toi et moi on sait qu'on n'était pas puceaux quand on s'est rencontrés. On a clairement un passé avec d'autres gens.

Son visage s'assombrit. Il monta sur moi, se redressa pour qu'on soit les yeux dans les yeux.

— Ne parle pas des tiens.

— D'accord.

Il m'embrassa brutalement, avec une férocité que je n'avais jamais ressentie en lui avant. Puis il me dit d'une voix rauque :

— Maintenant, tu es à moi.

— Plus que tu le crois, Ang'. Je n'ai jamais aimé quelqu'un comme je t'aime.

Avant qu'il s'inquiète de le dire à son tour ou non, je pressai la main contre son érection.

— Dis-moi ce que tu veux, Ang'. Quoi que ce soit.

Son regard s'enflamma de désir, de quelque chose de plus primitif et de plus possessif que ce que je voyais d'habitude chez lui. Il me regarda droit dans les yeux et me demanda de sa voix rauque :

— Quoi que ce soit ?

Je n'hésitai pas. Il n'y avait rien qu'il puisse me demander que je ne veuille pas lui donner.

— Oui.

C'était comme si quelque chose s'était libéré en lui. Soudain, il me poussa brutalement sur le ventre. Il ne m'avait jamais pris. Je l'aurais laissé faire n'importe quand, mais c'était la première fois qu'il semblait en avoir envie. Je l'entendis fouiller dans le tiroir près du lit, puis un instant après il ouvrit le tube et se prépara. Puis il attrapa mes hanches, me força à me mettre à genoux et sans prévenir il s'enfonça, d'un coup, jusqu'au bout. Il n'était pas large, mais long, je luttai pour me relâcher autour de lui.

Il s'arrêta là, enfoui en moi jusqu'à la garde. Il s'appuya contre mon dos et gronda :

— Tu es à moi, Zach.

Il me mordit l'épaule, à la base du cou et suça brutalement. C'était douloureux, mais en même temps, c'était comme s'il avait allumé une braise en moi. Elle brûlait lentement, enflammant mon corps tout entier. Il était toujours profondément en moi. Je gémis et fis mine d'empoigner ma verge. Il m'arrêta.

— Non.

Je protestai.

— Ang', s'il te plaît…

— Non.

Il traça de sa langue le haut de mon échine. Il passa la main sur mon ventre sans jamais toucher mon sexe gonflé. Puis sa bouche se fixa sur mon autre épaule et cette douleur délicieuse reprit. Je haletais, essayais d'en avoir plus, de pousser contre lui, de faire en sorte que le plaisir à l'intérieur soit égal à la douleur dehors, mais il restait immobile. Il lâcha ma nuque.

— Dis-le, Zach.

— Je suis à toi.

Finalement, son poids disparut de mon dos. Il referma sa main toujours humide de gel autour de ma verge. Je criai. Il m'accorda quelques caresses, puis se retira presque entièrement, avant de donner des coups de rein, lents et délibérés. Je n'arrivais même plus à me tenir. Je dépliai les coudes, appuyai la tête contre le matelas et tentai de tenir le coup. Chaque fois, il se retirait presque entièrement avant de s'enfoncer à nouveau, ce qui poussait mon sexe dans sa main. Après la douleur et l'attente, c'était presque plus que ce que je pouvais supporter. Son poing sur moi était déjà humide, je sentais une pression au plus profond de moi lutter pour se libérer.

— Bon Dieu, Ang'.

— Pas encore, Zach.

J'essayai de m'accrocher, m'entendis gémir. Cela déclencha quelque chose en lui. Ses coups de rein se firent plus brutaux. Je m'agrippai aux draps, tirais, tentai de trouver un appui mais il me mit à plat sur le matelas, allant et venant de plus en plus brusquement, sa main sur moi était vive et impatiente, il me mordit l'épaule à nouveau. J'ai peut-être crié. J'en ai peut-être seulement eu l'impression. Puis il pulsa en moi et je lâchai enfin prise. Je laissai enfin la vague de plaisir me noyer, c'était si intense que je crus voir des étoiles.

J'avais à moitié sorti les draps du lit. J'avais la tête sur le matelas nu. J'étais allongé dans l'humidité collante de mon sperme. C'était sans importance. J'étais incapable de bouger. Encore moins de penser. Le sommeil m'emportait déjà.

Angelo était toujours sur moi. Il reposa la tête contre mon épaule.

— Tu es à moi, murmura-t-il.

— Oui, répondit-je sur le même ton.

Il soupira et je sentis son corps se détendre contre le mien. Il embrassa ma nuque, doucement puis ajouta tout bas :

— Je t'appartiens aussi, Zach.

Tout ce que je réussis à dire avant de m'endormir fut :

— Je sais.

À MON réveil le lendemain matin, il était déjà levé. Il était assis sur le canapé, un livre à la main, et Geisha sur les genoux. Bien sûr, elle en sauta et quitta la pièce dès qu'elle me vit. Je montai sur le canapé et m'étirai, la tête sur ses cuisses. Lorsque je levai les yeux vers son visage, il avait les paupières fermées.

— Il va falloir qu'on lave les draps, aujourd'hui, dis-je d'un ton léger.

Il sourit presque. Il rouvrit les yeux et me regarda d'un air embarrassé.

— Tu es fâché ?

— Tu plaisantes, Ang' ? Même pas en rêve. Ne me dis pas que tu te sens mal à cause de la nuit dernière.

— Un peu.

— Tu ne devrais pas. C'est moi qui devrais m'excuser. Je crois que c'est mal vu de s'endormir aussi vite après. Tu es censé exiger un câlin d'abord.

Il me fit son sourire en coin.

163

— Je ne suis pas une nana.

— À aucun moment la nuit dernière je me suis dit que c'était une fille derrière moi.

À ces mots, il sourit enfin.

— Je suis en train de choisir duquel de mes anciens amants je vais te parler d'abord pour que tu redeviennes aussi jaloux et possessif.

Il secoua la tête.

— Tu t'es regardé dans une glace ?

— Non.

— Heureusement que tes chemise ont un col.

J'éclatai de rire.

— Heureusement que tu n'es pas plus grand !

Il me poussa par terre, mais il riait.

À MON retour le lendemain après-midi, la lumière de mon répondeur clignotait. Je lançai le message et lâchai mes clefs lorsqu'une voix familière, grave et sexy, en sortit.

— Salut, bébé. Comment se passe ta vie chez les bouseux ? Je voulais te dire que j'ai changé d'avis. Je veux que tu reviennes. Je te laisserai le même emplacement pour le loyer que tu payais avant. Appelle-moi seulement. Sans engagement, Zach. C'est promis.

Le répondeur s'arrêta. Je restai là un instant, dans un silence stupéfait, songeant à ce qu'avait dit Tom.

Je pouvais rentrer.

Retourner à mon vidéo club d'avant. Mon appartement d'avant. Ma vie d'avant.

Oui, je pouvais y retourner. Mais pourquoi je le voudrais ?

C'était tellement absurde que j'éclatai de rire. Je me rendais compte combien j'avais été malheureux là-bas. Ma vie stagnait. J'étais complètement seul. Sans aucun objectif. Je savais que le vidéo club allait vers la banqueroute et je m'en fichais. Et pourtant, en même temps, j'avais l'impression de ne pouvoir rien faire d'autre.

Sur certains points, rien n'avait changé. Même alors qu'on venait d'ouvrir le vidéo club, je savais que ça ne durerait pas éternellement. On avait peut-être quelques années ici à Coda, peut-être seulement trois, peut-être dix. Probablement pas plus. La différence, c'était que ça ne me dérangeait pas. Je ne savais pas forcément ce que je ferais après, je n'en avais pas besoin.

Ce que je savais, c'était que j'avais Angelo. On pouvait aller n'importe où. On pouvait faire tout ce qu'on voulait.

Avant j'avais l'impression d'être sur un radeau, d'attendre que la prochaine vague m'achève. Elle n'était jamais arrivée ; au bout du compte, j'avais été sauvé.

Angelo entra à cet instant.

— Hé, Zach. Tu veux…

Je riais encore, alors il s'arrêta net et me fit un large sourire.

— Qu'est-ce qu'il y a ?

Je l'attrapai et l'étreignis de toutes mes forces.

— Je t'aime, déclarai-je, le nez dans ses cheveux courts et en brosse.

Il rit nerveusement, clairement perturbé par mon comportement insensé.

— D'accord…

Je m'écartai et le regardai droit dans les yeux.

— Où est-ce qu'on ira, Ang' ?

Il me souriait toujours en coin.

— De quoi tu parles, Zach ?

— Où est-ce que tu voudrais aller ? N'importe où au monde.

Son sourire resta mais son regard se fit plus pensif.

— Pour vivre ou pour les vacances ?

— Je ne sais pas. L'un ou l'autre, en fait.

Cette fois son sourire s'évanouit.

— Tu es sérieux ?

— Absolument. Donne-moi juste un lieu.

Il hésita un court instant puis dit doucement :

— Je veux voir l'océan.

Sa réponse si simple me surprit. Je m'étais attendu à Paris, New York ou peut-être Rome. Mais ce n'était pas du tout une ville.

— Tu n'as jamais vu l'océan ?

Il secoua la tête.

L'océan. Pour quelqu'un qui avait vécu toute sa vie dans les terres, ça peut être fantastique. Je me rappelais encore la première fois que je l'avais vu, quand j'avais douze ans. Je me rappelais cette beauté pure et ma surprise. Cette sensation d'infini. Cet émerveillement à l'idée qu'il s'y trouve de la vie. Cette fascination pour sa puissance. Même aussi jeune, cela avait été un moment essentiel de ma vie.

Je pouvais le lui offrir.

— Je t'y emmène, Ang'. Où veux-tu aller ? En Californie ? En Floride ?

Ses joues s'empourprèrent, mais il ne détourna pas les yeux.

— En Oregon.

— D'accord.

Qu'est-ce qui pouvait bien y avoir là-bas ?

— Pourquoi ?

Il rougit encore plus mais n'hésita pas.

— La mère d'une de mes familles d'accueil, elle parlait d'aller voir sa famille en Oregon. Ils pêchaient le crabe. Elle disait qu'on pouvait les cuire dans des grands pots sur les pontons.

Il me fit un sourire, tout petit.

— J'ai toujours voulu moi aussi m'asseoir sur ces pontons. Avec une bière froide, du crabe tout frais pêché et l'océan.

Il ferma un instant les yeux, d'embarras, je le savais, mais ensuite il me regarda à nouveau.

— C'est bête, non ?

— Non.

Je l'étreignis fort contre moi et il m'enlaça.

— Ce n'est pas bête. On ira au printemps, Ang'. Je te le promets.

— Pourquoi ? demanda-t-il.

J'entendais dans sa voix qu'il souriait à nouveau.

Je haussai simplement les épaules.

— Parce qu'on peut.

LE SOIR de l'inauguration du cinéma arriva enfin. Je laissai bien sûr Angelo choisir les films. Nous ouvrîmes la veille de Thanksgiving. Le mercredi était consacré aux adolescents, puisqu'ils n'avaient pas cours ce jour-là. Ils n'étaient pas nombreux à rester assis tout le long du film, mais nous étions complets et ils achetaient plus de boissons, de popcorn et de bonbons que je l'aurais cru possible. Nous avions une seule séance le soir de Thanksgiving, *L'Étrange Noël de Monsieur Jack*, ce que je trouvais franchement étrange, mais Angelo m'assura que c'était parfait, un film familial qui arrivait bizarrement à être à la fois sur Noël et Halloween. Il le projeta à nouveau à la séance matinale du vendredi. La soirée était consacrée aux filles. Il projeta *Chocolat*. Je fus presque à court de vin, tellement ces femmes buvaient. Puis le samedi, nous organisâmes notre première soirée romantique, qui incluait le dîner.

Nous étions complets pour presque toutes les séances, à l'exception de Thanksgiving. Je me rendis vite compte qu'il me faudrait engager plus de monde.

Je fus soulagé d'arriver enfin à la maison après avoir fermé le dimanche après-midi. J'avais l'impression d'avoir à peine eu le temps de manger ou dormir, ces cinq derniers jours. Angelo serait là d'une minute à l'autre. Matt et Jared venaient aussi, a priori pour regarder un match. Angelo et moi n'étions toujours pas fans de foot américain, mais on s'amusait bien avec eux.

Je composais le numéro de téléphone pour commander la pizza lorsqu'on sonna à la porte. Je me dis que ce devait être Matt et Jared, Ang' n'aurait pas sonné. Mais lorsque j'ouvris la porte, je n'en cru pas mes yeux : c'était Tom. Je n'aurais jamais pensé le revoir. Je me demandai tout d'abord ce qu'il fichait ici. Puis je fus soulagé qu'Angelo ne soit pas là, parce qu'il aurait pété un câble.

— Salut, bébé. Tu m'as manqué.

Son sourire était toujours le même, aguicheur et sexy. Il portait un jean et un tee-shirt moulant qui mettait son corps en valeur. Il était toujours magnifique. Pourtant ma vision de lui avait complètement changé. À le contempler maintenant, je me rendais compte que ses cheveux blonds étaient teint. Il avait un beau corps, certes, mais il semblait disproportionné. Rien à voir avec celui de Matt, qui ne faisait pas que lever des poids mais aussi des pompes tous les jours, qui courait trois fois par semaines et faisait régulièrement du vélo en montagne. J'aurais parié que le corps de Tom était sculpté par de la musculation en salle de sport et des stéroïdes. Son tee-shirt moulant semblait ridiculement ostentatoire, je soupçonnais même que son bronzage soit faux.

— Qu'est-ce que tu fous là ? demandai-je.

Son sourire vacilla un peu mais revint.

— Je suis venu te voir.

— Voilà, tu m'as vu. Maintenant tu peux partir.

Je fis mine de refermer la porte mais il la bloqua.

— Allez, bébé. Tu vas me dire que je ne t'ai pas manqué ?

— Tu m'as pas manqué du tout.

— Je ne te crois pas.

— Pas mon problème.

Je recommençai à fermer la porte. Cette fois il avança, ouvrit la porte de force et me repoussa en entrant.

— J'ai fait tout ce chemin pour te voir. Tu peux au moins m'écouter.

Je soupirai mais refermai la porte. Il me suivit dans le salon. Geisha, qui dormait sur le canapé, bondit. Elle arqua l'échine, les poils dressés. Elle cracha après lui puis fila vers la chatière. C'était la première fois en dix ans que je nous sentais sur la même longueur d'ondes.

Tom me regardait d'un air plein d'attente. Je n'allais certainement pas l'inviter à s'asseoir. Je m'appuyai contre le dossier du canapé et dit :

— Tu as deux minutes.

Je le voyais lutter pour reprendre le contrôle de la situation. Il s'était vraiment attendu à ce que je lui tombe dans les bras sous prétexte qu'il était venu jusqu'ici. Ma colère ne fit que me rendre plus fort.

— Écouté, bébé…

— Je m'appelle Zach. Et je ne suis certainement pas ton 'bébé'.

— D'accord, acquiesça-t-il toute de suite. Zach. Ce qu'il y a, c'est que tu m'as manqué. Je suis navré que les choses se soient terminées comme ça entre nous. J'étais furieux, toi aussi. Mais on pourrait reprendre où on s'est arrêtés. On était bien tous les deux, non ? Tu dois te sentir seul ici, sans personne.

— Il se trouve que je ne suis pas seul. Il y a quelqu'un dans ma vie. J'aimerais que tu partes, maintenant.

— Bébé, sois pas comme ça, allez.

Il m'attrapa, passa les bras autour de moi et tenta de m'attirer contre lui. Je luttais pour le repousser lorsque le pire arriva. La porte s'ouvrit. Jared entra, Angelo juste derrière lui. Ils riaient tous les deux, puis leur regard se posa sur Tom. Ce fut la panique.

L'expression d'Angelo passa du rire à la rage en une fraction de seconde, il se jeta sur Tom. Tom me lâcha alors et se cacha derrière moi, comme si j'allais le protéger. Heureusement Jared était devant Angelo. Il comprit ce qui risquait de se passer et le rattrapa. Toutefois, il fut immédiatement évident qu'il ne pourrait pas le retenir. Avant que je les rejoigne de l'autre côté de la pièce, Matt passa le seuil. La scène dut forcément lui donner l'impression qu'Angelo et Jared s'étaient soudain et de façon inexplicable mis à se battre comme des chiffonniers.

Matt attrapa Angelo par derrière de ses bras solide, de façon à bloquer ceux d'Angelo contre ses côtes. Je m'étais dit qu'Angelo était furieux mais ce n'était rien comparé à la rage qui l'envahit alors. Il hurla à Matt :

— Lâche-moi tout de suite, Matt ! Je vais crever ce connard ! Il n'a pas le droit d'entrer chez moi !

168

Matt avait clairement sous-estimé la véritable force d'Angelo, parce que ce dernier se défit partiellement de son étreinte. Jared aidait Matt à le maintenir, et un instant j'eus l'impression de ne plus voir que des poings, des coudes et des cheveux. Matt réussit enfin à le bloquer par une sorte de clef autour de son cou. Il se retourna et plaqua Angelo face contre mur. Matt saignait de la lèvre, à côté d'eux Jared était plié en deux, une main sur les genoux et l'autre contre son pelvis, haletant. Tous les hommes sur cette planète savent ce que ça signifie et grimacent de compassion à cette vue.

— Putain, Angelo, arrête ! gronda Matt.

Angelo ne se débattait plus, mais chaque muscle de son corps était tendu. Il était prêt à se libérer dès que Matt se relâcherait.

— Laisse-moi, Matt ! Je vais lui éclater la tronche pour avoir osé entrer chez moi !

Matt soupira d'exaspération et dit d'une voix grave :

— Réfléchis, Angelo ! Je suis flic. Si tu le frappe, je vais devoir t'arrêter, t'emmener au commissariat et remplir sa déposition contre toi. Tu es mon ami, Ang'. S'il te plaît, ne me fais pas ça.

Angelo réfléchit un instant, puis je vis de la tension s'envoler. Il dit calmement :

— Lâche-moi.

— Tu vas être calme ?

— Ouais. Lâche-moi.

Dès que la prise de Matt se relâcha, Angelo se libéra. Il repoussa Matt suffisamment fort pour que ce dernier recule d'un pas. Puis il alla s'enfermer à grand-pas dans la chambre d'ami, claquant la porte derrière lui. Une seconde plus tard, nous entendîmes tous le bruit caractéristique de quelque chose qui se brisait contre le mur.

Heureusement que cette lampe n'était pas trop chère.

… Angelo

JE NE peux même pas décrire à quel point j'ai eu envie de tuer ce trou du cul, quand je l'ai vu là. C'est comme si Coda était notre sanctuaire. Rien de mal ne pouvait nous toucher ici. Et puis je passe la porte et voilà Tom. Dans ma maison. En train de toucher Zach.

J'ai toujours entendu cette expression, voir rouge. Je n'avais jamais compris avant aujourd'hui. Je ne me souviens pas de grand-chose avant que Matt me foute contre le mur. Juste la rage. Je ne voulais pas non plus vraiment me cacher dans la chambre d'ami, mais je ne pouvais pas rester là. Avec lui. Alors finalement je me suis planqué. Et j'ai cassé la lampe de Zach. J'espère qu'il ne m'en veut pas.

Je n'arrive pas à croire que Tom est venu jusqu'ici chercher Zach. Parce que je sais que c'est pour ça qu'il est là, pour tenter de le récupérer. Il n'a jamais intéressé que par le cul, pourtant il a fait tout ce chemin pour le voir. Perte de temps. J'ai confiance en Zach. Il ne retournerait jamais avec Tom, même si on n'était pas ensemble. Mais Tom n'a pas le droit d'être ici. C'est notre maison. La nôtre. La mienne et celle de Zach.

Sauf…

Sauf que…

Non.

Et cette idée me frappe si fort qu'il faut que je m'assoie. J'en ai même des larmes aux yeux.

Ce n'est pas ma maison.

Putain, c'est con comme ça fait mal. C'est la maison de Zach. Et si Zach voulait que Tom soit là, je n'aurais pas vraiment à ouvrir ma gueule. Bien sûr, je sais que Zach ne veut pas plus de lui que moi. Ce n'est pas le problème. Le problème, c'est que Zach s'est démené pour que je me sente chez moi. Et tout ce temps, j'ai laissé ce con de piaf diriger ma vie. J'ai fait du mal à la seule personne au monde que je ne voudrais jamais blesser, tout ça parce que j'ai la trouille. Je me déteste pour ça.

Zach a été si patient. À essayer de m'attendre. De m'attirer chez lui. Comme un chat errant qui passe, auquel il laisse un bol de lait, dans l'espoir qu'un de ces soirs je décide de rentrer. Ou peut-être que je suis vraiment un oiseau, comme dit toujours Zach. Il balance des miettes de pain, un chemin jusqu'à sa porte. Et j'ai été trop con pour passer le seuil. Tout ce temps j'ai cru que c'était un piège. C'est le cas. Mais ça a un autre nom.

Chez moi.

De toute ma vie, Zach est la seule personne qui m'a vraiment voulu. Je ne parle pas de cul. Plein de gens m'ont voulu pour ça. Mais lui, c'est le premier qui n'a jamais désiré que ma compagnie. Il m'a voulu au vidéo club, il a voulu passer du temps avec moi après le boulot, il a voulu que je vienne à Coda avec lui. Maintenant il veut me donner une vraie maison. Je n'en ai jamais eue avant.

C'est pour ça que je l'aime à ce point.

Tout ce temps, j'ai pensé à toutes les sortes d'amour que je vois, l'amour heureux de Jared, l'amour émerveillé de Matt, l'amour adorateur de Zach. Je croyais que ma façon d'aimer c'était forcément l'un ou l'autre. Maintenant je comprends que j'ai ma façon à moi. Ma façon d'aimer, c'est d'appartenir. Parce qu'avant Zach, je n'appartenais nulle part. Maintenant je le sais. J'appartiens à ses côtés.

C'est aussi simple que ça.

Zach…

UNE SECONDE après le départ d'Angelo, ce fut le calme plat.

Matt essuya le sang sur son visage avec son tee-shirt.

— Bon Dieu, marmonna-t-il, secouant la tête. Le sale petit fou furieux.

Je n'aurais pas su dire s'il était impressionné ou énervé. Il se tourna vers Jared toujours plié en deux, mais qui au moins respirait à nouveau normalement.

— Ça va ?

Jared hocha la tête mais ne tenta pas de se relever.

Derrière moi, Tom lâcha un rire de dérision. Nous nous tournâmes tous vers lui. Il me regardait.

— Zach, franchement. Je comprends qu'on veuille s'encanailler, mais sérieusement, tu n'as rien trouvé de mieux que lui ?

De la haine monta en moi. Elle se reflétait dans le regard que Matt et Jared lui jetèrent.

— Sors d'ici !

— Allez, bébé. C'est ridicule. Tu veux me dire que tu préfères jouer au papa et à la maman avec ta petite racaille plutôt que…

Je n'attendis pas la fin de la phrase. Je n'en avais pas besoin.

— *Oui !*

Son sourire vacilla vraiment, commença à disparaître.

— Oui, je préfère jouer au papa et à la maman avec Angelo plutôt que d'être ton putain de coup. Il n'y a rien, absolument rien, qui pourrait changer ça ! Je ne sais pas comment j'ai jamais supporté que tu me touches. Maintenant, tire-toi de là !

Je n'attendis pas sa réaction. J'avais besoin de voir Angelo. Je me tournai vers Matt.

— S'il n'est pas parti dans deux minutes, arrête-le.

Matt me sourit. Peu importait le comportement d'Angelo, il l'aimait comme un frère.

— Avec plaisir.

Je passai le seuil de la chambre d'ami. Angelo fut immédiatement dans mes bras. Il me rentra dedans si brutalement que j'aurais basculé en arrière si le mur n'avait pas été là pour me retenir. Il avait le visage enfoui dans mon cou, m'étreignait fort.

— Je suis désolé, murmura-t-il.

— Ce n'est pas à moi qu'il faut le dire. Je ne suis pas du tout en colère. Par contre tu devrais demander pardon à Matt et Jared. Matt saigne et tu as flanqué un coup de pied aux couilles à Jared.

Il émit un son qui aurait pu être un rire ou un sanglot. Puis :

— Cassé ta lampe.

— Je l'ai achetée à une brocante. Ce n'est pas grave.

— Ça m'a tellement mis la rage, de le voir là.

J'éclatai de rire.

— Vraiment ? Je ne l'aurais jamais deviné.

Mais lui ne rit pas.

— Le truc idiot, c'est que je n'arrête pas de penser à combien j'avais envie de le tuer parce qu'il était chez moi. Mais après je me suis rendu compte…

Sa voix mourut. Je le sentis trembler, il pleurait et n'essayait même pas de me le cacher.

— Ce n'est pas ma maison, hein, Zach ? Je suis vraiment trop con, parce qu'on aurait dit que oui. J'ai cru que oui. Mais ce n'est pas ma maison du tout. C'est la tienne.

Rien n'aurait pu me surprendre plus que ça. Ça ne m'était même pas venu à l'esprit. Pour moi Angelo avait de nombreuses raisons d'être furieux de la présence de Tom, que la maison soit techniquement à lui ou non.

Puis dans à peine un murmure, il ajouta :

— J'ai l'impression d'être chez moi.

Tout ce que je pouvais faire, c'était l'étreindre plus fort.

— Ça peut l'être, Ang', dès que tu le veux.

Il s'accrochait toujours à moi. Je savais qu'à cet instant, il se sentait plus en sécurité s'il n'avait pas à me regarder, alors je patientai en le serrant contre moi.

Puis, enfin :

— Je le veux.

Il ne pleurait plus. Il parlait à voix basse, mais ferme et confiante.

Je résistai à l'envie de hurler ma joie. Je me dis de ne pas m'emballer. Ça me mettait mal à l'aise qu'il prenne cette décision à cet instant.

— Tu en es certain ? Rien ne me rendrait plus heureux, mais je ne veux pas que tu le fasses si tu n'es pas prêt.

Il prit une profonde inspiration.

— Je suis prêt. Je crois que ma place est ici. Ma place est avec toi.

Il emménagea quelques jours plus tard. Cette fois, il me laissa même l'aider au lieu de Matt.

Il prit possession de la seconde chambre. Je savais sans le demander que je n'avais pas le droit d'y entrer. Ça ne me gênait pas. Plusieurs nuits par semaine, il choisissait même d'y dormir, plutôt qu'avec moi. Mais quand même, au matin, il retrouvait toujours le chemin de mon lit.

Toutefois, je voyais bien que quelque chose le tourmentait. Je l'interrogeai plusieurs fois, mais il m'ignorait à chaque fois. Je savais qu'il valait mieux ne pas insister. Ça n'avait pas l'air d'être à cause de moi, alors j'attendis qu'il soit prêt à m'en parler.

Je n'eus pas à patienter longtemps. Tout s'éclaira le jour où je rentrai à la maison pour le trouver assis sur le canapé, à m'attendre. Il avait l'air terrifié, mais il n'hésita pas. Il me regarda droit dans les yeux et déclara :

— J'ai besoin du numéro de ma mère.

... Angelo

MÊME APRÈS avoir parlé à Matt, il m'a fallu plusieurs semaines pour me décider. Mais je me suis décidé, alors dès que Zach rentre du boulot, je lui demande le numéro. Sa mâchoire se décroche carrément. Je sais qu'il croit que ça sort de nulle part. Ça doit lui donner cette impression. Mais pas à moi. C'est comme si j'y pensais depuis qu'elle a frappé à ma porte à Denver.

À ce moment-là, je n'étais pas prêt. C'était trop soudain. Ça m'a pris complètement de court. Et quelque part je croyais que lui parler voulait dire que je devais aussi lui pardonner. Ça me gênait. À tort ou à raison, je suis encore loin d'y arriver.

Mais après avoir discuté avec Matt, je me suis rendu compte que ce n'était pas ça du tout. Appeler, ça veut pas dire passer l'éponge. Ça veut juste dire qu'un jour, je le ferai.

Zach sort l'enveloppe de son bureau.

— Tu vas l'appeler ? me demande-t-il en me la tendant.

— Pourquoi je la demanderais, sinon ?

Je me rends compte que je réponds sèchement et il ne le mérite pas, mais tout ça me stresse. Il comprend. Bien sûr. Il me regarde, comme s'il pouvait comprendre ce qui se passe dans ma tête s'il me scrutait suffisamment. Je veux lui dire de ne pas perdre son temps. C'est ma tête et même moi je ne comprends pas. Personne ne s'attendrait à ce que lui, il pige.

— Veux-tu que je reste ? me demande-t-il.

Ça me soulage, parce que j'avais peur de le blesser en lui demandant de partir.

— Non. J'ai besoin d'être seul.

— Comme tu veux, mon ange.

Il m'embrasse sur le front.

— Je vais au supermarché. On est en manque de café, en plus.

Il s'en va. Je reste assis là longtemps, à regarder ce con de numéro. Rien que de penser à appeler me fout dans tous mes états. Il faut que je me mette la tête entre mes genoux et que je me concentre sur ma respiration pendant longtemps.

Je me remets suffisamment pour prendre le téléphone. C'est dément combien ça me rend nerveux de composer le numéro. Deux fois de suite j'arrive à la moitié et je raccroche. La troisième, ça commence à sonner et je suis sur le point de raccrocher encore quand elle répond.

— Allô ?

Je flippais tellement rien que d'appeler, je n'ai jamais vraiment réfléchi à ce que j'allais dire une fois qu'elle aurait répondu. Je sors presque : 'Maman ?'. Presque. Mais il se trouve que je ne peux pas prononcer ce mot, pas plus que je peux dire à Zach que je l'aime. Je ne peux pas l'appeler par son nom non plus. Un instant, je reste là à rien dire du tout.

— Allô ? répète-t-elle.

Un battement de cœur, puis j'arrive à sortir :

— C'est Angelo.

C'est à son tour de ne pas savoir quoi dire. Je l'entends s'exclamer de surprise, puis :

— Angelo ? C'est vraiment toi ?

Ça paraît con comme question. Je ne vois pas qui appellerait en se faisant passer pour moi, mais je réponds :

— Oui, c'est vraiment moi.

— Oh, Angelo, dit-elle, puis elle explose en sanglots.

Elle pleure quelques instants, alors je patiente. Puis elle inspire à grandes goulées et dit :

— Je suis tellement heureuse que tu appelles ! Je dois te dire, je suis désolée de ce qu'il s'est passé à ton appartement. Je ne voulais pas que ça se passe comme ça.

— J'imagine, non.

— J'ai pensé à toi.

— Je ne vois pas pourquoi maintenant, après toutes ces années.

— Angelo, je n'ai jamais cessé de penser à toi ! Je comprends que tu ne me croies pas, mais c'est la vérité. J'ai pensé à toi tous les jours depuis que je t'ai abandonné.

Une autre pause, comme si elle doit se donner du courage, mais elle reprend. Sa voix est très basse, maintenant.

— Tu n'as pas d'enfants alors tu ne sais pas ce que c'est, quand ils sont petits, qu'ils t'appellent dans la nuit. Après mon départ, je me réveillais en croyant que tu m'appelais. Ça a duré des années. Pas toutes les nuits mais souvent. Puis une nuit, c'est arrivé. J'ai cru t'entendre et je me suis rendue compte…

Elle doit s'interrompre un instant. Elle sanglote. J'essaie de ne pas craquer et de faire pareil.

— Je me suis rendue compte que ça faisait six ans. Tu avais douze ans, et ça faisait probablement très longtemps que tu ne t'embêtais plus à m'appeler.

Je commence à perdre mon sang-froid, et je m'étais juré que ça n'arriverait pas.

— Angelo, je pourrais essayer d'expliquer pourquoi je suis partie…
— Non !
— Je sais que j'ai eu tort…
— Mais tu vas la boucler, oui !

Elle étrangle un cri comme si je l'avais giflée. Je m'essuie les yeux et je dois prendre une grande inspiration pour me calmer, puis je dis, plus doucement cette fois :

— Je ne veux pas parler de tout ça.

Parce que à quoi ça sert, franchement ? Je ne vois pas l'intérêt de ressortir des trucs qui ont plus de vingt ans.

— D'accord.

Elle a l'air dérouté, mais un peu soulagée aussi. Je ne peux pas lui en vouloir.

— De quoi veux-tu parler ?
— De Zach et moi.

Parce que si on ne peut pas surmonter ça, autant raccrocher tout de suite.

— D'accord.

Elle a la voix hésitante. Ce seul mot est presque une question.

— Je ne vais pas le quitter.
— Je ne te demanderais jamais une chose pareille, Angelo. Mais…
— Arrête, je l'interromps. Laisse-moi finir.

Ça lui prend une seconde, mais elle dit :

— Je t'écoute.

— Je suis gay et je ne peux pas changer ce que je suis. C'est comme ça. Si tu veux me connaître, c'est le premier truc que tu dois gérer. Ensuite, je suis avec Zach. Et je n'ai pas non plus l'intention de changer ça. Jamais. Et je ne vais pas écouter des sermons sur Dieu ou pourquoi c'est un péché, rien du tout de ce genre. Alors tu dois te décider maintenant et faut que tu sois sûre de toi. Parce que je ne vais plus jamais en parler avec toi. Que ce soit maintenant ou dans un an, l'instant où tu essaies de me dire que c'est mal, je raccroche pour de bon.

Elle garde longtemps le silence. Si longtemps que je me dis qu'elle a peut-être raccroché, et j'ai raté le clic. C'est là qu'elle dit :

— Je peux d'abord te poser une question ?

Ça me surprend, mais je réponds :

— Ouais.

— Est-ce que tu es heureux ?

Ça me surprend encore plus. Je ne sais pas à quoi je m'attendais, mais pas à ça. Ceci dit, ce n'est pas une question difficile.

— Plus heureux que je l'aie jamais été.

— C'est tout ce que je veux vraiment, Angelo, que tu sois heureux. Sur le coup, j'étais surprise et un peu choquée. Mais si tu es vraiment heureux…

— Oui, je te dis.

— … alors je peux l'accepter.

Je n'y crois presque pas. En vérité, je ne m'attendais pas à ce que ce soit aussi rapide.

— Tu es sûre ?

Mais elle n'a pas d'hésitation :

— Certaine.

Un simple mot, mais le poids dont il soulage mes épaules est énorme.

— Zach et toi vous vivez à Coda, maintenant ? demande-t-elle.

Ça se voit qu'elle essaie très dur de normaliser les choses entre nous. Va savoir ce qui est 'normal' pour une mère et un fils qui ne se connaissent pas du tout.

— Ouais.

— Tu t'y plais ?

— Carrément.

Je suis presque surpris de réaliser à quel point c'est vrai.

— J'ai des bons amis, ici. Matt et Jared. Il y a la famille de Jared aussi. C'est comme si maintenant j'avais aussi une famille. C'est la première fois.

Je l'entends inspirer, alors je m'interromps net, comprenant ce que j'ai dit.

— Je ne l'entendais pas comme ça.

— Ce n'est rien, dit-elle doucement. Je suis heureuse pour toi, Angelo.

Après ça, il y a une pause dans la conversation. Ni elle ni moi ne savons trop quoi dire. Enfin, elle prend une profonde inspiration, comme s'il faut encore qu'elle prenne son courage à deux mains, puis elle demande :

— Angelo, j'ai des vacances à Noël. Est-ce que je peux venir te voir ?

— Non !

178

Je suis plus brutal que je le voudrais. Elle émet un petit hoquet, l'air de pleurer à nouveau alors je dis plus doucement :

— Pas cette année. Ça ne veut pas dire jamais. Mais pas encore.

— D'accord, répond-elle.

Elle renifle encore mais elle a l'air plein d'espoir.

— Peut-être… ?

Elle s'arrête, comme si elle avait peur de le dire, mais finalement :

— L'année prochaine, peut-être ?

— Il vaut mieux gérer une année après l'autre.

— Je peux t'appeler ?

Je commence à me sentir un peu dépassé, là. J'ai l'impression d'avoir déjà fait un grand pas. Je ne suis pas sûr d'être prêt pour plus.

— Je ne sais pas. Il faut que j'y réfléchisse d'abord, d'accord ?

— D'accord.

Mais elle a l'air plus heureux.

— Angelo, j'aimerais tellement qu'on redevienne une famille. Je sais que c'est beaucoup demander après tout ce temps. Mais je prendrai tout ce que tu voudras bien me donner.

— Je ne sais pas ce que je peux gérer pour le moment.

— Je comprends.

— Je ne suis pas très bon à ce genre de trucs. Zach pourrait te le dire.

Je m'arrête net. Je ne sais pas trop pourquoi j'ai dit ça.

— Tu te débrouilles très bien, Angelo.

— Je ne sais pas trop comment t'appeler.

Elle se tait à nouveau, puis dit d'une voix très triste :

— Tu ne peux pas m'appeler 'maman' ?

— Non.

Je sais que ça la blesse mais j'y peux rien.

— Tu peux m'appeler Nita.

— Ça sonne faux aussi.

— Je ne sais pas trop, alors, répond-elle avec incertitude.

— Moi non plus.

— Ce qui te convient, Angelo. Tu n'es pas obligé de décider tout de suite.

— Non, c'est vrai.

Et je ne sais pas pourquoi, à cet instant, je veux lui donner quelque chose. Je ne peux pas l'expliquer, mais c'est ce que je ressens.

— Je peux peut-être appeler à Noël.

Ça sort tout bas. Peut-être qu'elle l'entendra pas. Je l'espère presque. Mais si.

— Ce serait merveilleux !

Elle pleure encore, même plus fort qu'avant, mais j'entends aussi qu'elle sourit. J'entends dans sa voix combien je l'ai rendue heureuse. Je ne sais pas ce que je ressens. Si je suis heureux et soulagé. Ou fâché et rancunier. Trop d'émotions pour toutes les identifier. C'est trop pour moi. J'ai l'impression de me noyer. Il faut que je m'accroche à quelque chose. N'importe quoi !

Non. Pas n'importe quoi. J'ai besoin de Zach.

Soudain plus que tout, je veux qu'il soit là. Je veux l'appeler sur son portable et lui dire de rentrer à la maison. Parce que même s'il a dit qu'il allait juste acheter du café, je sais qu'il voudra me laisser du temps et de l'espace. Si je le laisse faire, il va probablement tourner en rond dans le supermarché toute la nuit. D'y penser, ça me fait un peu sourire.

— Il faut que j'y aille.

— D'accord.

Je sens bien qu'elle est un peu déçue, mais comme Zach, elle essaie de ne pas le montrer.

— Je suis vraiment heureuse que tu aies appelé, Angelo.

Je n'ai même pas à mentir.

— Moi aussi.

— Au revoir.

— Au revoir.

Je suis sur le point de raccrocher quand elle appelle :

— Attends, Angelo ! Tu es toujours là ?

— Je suis là.

— Angelo, je…

Elle s'interrompt, et je sais ce qui va arriver. Plus important que ça, je me rends compte que même si je pouvais, je ne l'empêcherais pas de le dire.

— Je t'aime.

Tout ce que je peux répondre, c'est : 'Je sais'.

Zach…

ANGELO ME rappela plus tôt que prévu et me dit que je pouvais rentrer à la maison. Je compris à sa voix que le coup de téléphone avait dû bien se passer. À mon arrivée, il était sur le canapé, Geisha sur le torse. Bien sûr, elle fila dès que j'approchai. Il déplaça suffisamment les jambes pour que je m'assoie puis les allongea à nouveau sur mes genoux.

— Tu veux en parler ?

Il y réfléchit un instant, puis répondit :

— Demain peut-être.

— D'accord.

Il se mit à regarder ce qui était à la télé. Je n'y prêtais pas attention. Je contemplais ses pieds nus le petit bout de cheville que je voyais avant que l'ourlet de son jean ne me bouche la vue. Des fois ? cela me stupéfiait encore à quel point chaque centimètre carré de son corps m'excitait.

— Tu as déjà remarqué comment dans les films et les séries télé, tout le monde transporte des gobelets de café vide ? demanda-t-il soudain, la voix très amusée.

— Non.

Je caresse le dessus de ses pieds, puis sa cheville.

— Ça me rend dingue. C'est vraiment con. Comme si ça ne se voyait pas que le gobelet est vide. Ils les agitent dans tous les sens au lieu de les tenir avec précaution comme dans la vraie vie.

— Hum hum.

Je remonte les doigts plus haut sur sa cheville, puis je les referme sur la peau douce et lisse de son mollet.

— Tu ne m'écoutes même pas, dit-il, mais il me souriait.

Je voyais dans son regard qu'il commençait à réagir à mes caresses.

— Si.

Mes doigts étaient derrière son genou. Il ferma les paupières. Heureusement que son jean était aussi large.

— Je suis distrait, c'est tout.

— Tu me distrais aussi.

Je me mis à rire.

— Tant mieux.

Je lui pris alors la main, en baisai la paume, puis le poignet, la peau douce à l'intérieur de son coude. Il trouvait toujours ça bizarre, les endroits où je l'embrassais, mais je ne me lassais jamais de sa peau lisse et mate sous mes lèvres. Je pris mon temps, l'explorant lentement de mes doigts et mes lèvres. Puis je passai à l'autre bras.

Il avait la tête renversée en arrière, les yeux fermés. Il restait bien sûr silencieux, seule l'accélération de son souffle dévoilait son excitation. Mais je le connaissais désormais si bien. Je savais ce qu'il aimait.

Je remontai son tee-shirt, frôlai à peine son ventre de mes lèvres.

— Comment tu fais, Zach ? haleta-t-il.

— Fais quoi ? demandai-je en déboutonnant son jean.

— Pour me mettre dans cet état sans vraiment me toucher.

Je souris et l'embrassai sur le ventre.

— Quel état ?

— Putain, tellement excité que j'ai l'impression que je vais exploser à l'instant où tu vas me toucher pour de vrai.

— Je ne sais pas, répondis-je en descendant les lèvres, mais ça me plaît.

Il rit un peu, mais lorsque je baissai son jean, son rire mourut et se changea en quelque chose qui ressemblait presque à un gémissement. Je baissai aussi son boxer afin de libérer son érection, mais je ne le touchai toujours pas. Je le titillai autant de temps que possible, l'embrassant partout, parfois frôlant à peine son aine de la main, jusqu'à ce qu'il siffle :

— Zach !

Je passai la langue le long de son membre et le sentis frissonner. Mes lèvres frôlèrent à peine son gland. Avant que je fasse quoi que ce soit, il attrapa mes cheveux des deux mains et poussa. Il donna un coup de hanche et cela suffit. Son orgasme le frappa violemment, beaucoup plus vite que d'habitude, alors je le laissai me maintenir là, sa verge aussi profond que possible dans ma gorge, jusqu'à la fin. Lorsqu'il me lâcha enfin, j'embrassai son ventre et plaisantai :

— Je croyais que tu blaguais quand tu as dit que tu exploserais à la minute où je te toucherais pour de vrai.

Il me regarda avec surprise. Une demi-seconde, je crus l'avoir offensé. Puis, sans prévenir, il éclata de rire. Ça me prit complètement de court. Je ne l'avais jamais entendu rire comme ça, de ce rire impossible à contrôler, vraiment. Celui qui vient du plus profond de soi et bizarrement, change tout. Il mit la tête dans ses mains et rit comme un fou, sans explication. Ça dura si longtemps que je commençai à m'inquiéter. On aurait dit qu'il riait parce que c'était la seule chose qu'il se permettait. Lorsqu'il cessa enfin, il y avait des larmes dans ses yeux. Il s'appuya contre le canapé en tentant de retrouver son souffle.

— Tout va bien ? demandai-je d'un ton léger.

Il poussa un soupir et dit :

— Putain, j'en avais besoin.

— De la fellation ou du rire ?

— Les deux.

J'appuyai la tête sur son ventre. Il passa les doigts dans mes cheveux.

— Ni l'un ni l'autre.

— Ça veut dire quoi ?

— J'avais juste besoin de toi, Zach.

Il le dit comme si c'était évident. Je ne pus que resserrer les bras autour de lui et embrasser son ventre doux.

— Je ferais n'importe quoi pour toi, mon ange.

— Je sais.

Nous restâmes un long moment comme ça : moi la tête sur son ventre, lui regardant le plafond en silence. Je m'étais presque endormi lorsqu'il se redressa brusquement, ce qui me força à m'asseoir à mon tour. Il me repoussa sur le canapé, nos positions désormais inversées. C'était moi maintenant sur le dos, et lui à moitié sur moi. Il commença à défaire mon pantalon.

— Tu n'es pas obligé, Ang'.

Il me regarda avec son sourire en coin.

— Je sais, Zach.

Il écarta mon tee-shirt et déposa un baiser sur mon ventre.

— C'est pour ça que j'en ai envie.

Traitez-moi d'égoïste, mais je n'allais pas trop protester non plus.

J'avais envie de le toucher. J'avais toujours envie de le toucher. J'adorais la sensation de sa peau sous mes mains. Il me laissa retirer son tee-shirt, puis il commença, et je ne pensai plus à rien d'autre. Il n'y avait que la chaleur délicieuse de sa bouche sur moi, la douceur de sa peau sous mes doigts tandis que je lui touchais les épaules et la nuque. Ma main sur sa tête, ses épais cheveux noirs, me picotant la paume, et…

Tout s'arrêta. Nous avions réalisé au même instant ce que j'avais fait.

J'écartai la main, demandant déjà pardon.

— Angelo, je suis tellement désolé ! Je ne voulais pas…

Mais lorsque je le regardai, je m'interrompis net. Il me contemplait avec les yeux écarquillés. Je m'attendais à de la colère, mais il n'y en avait pas du tout. Seulement de la surprise.

— C'est rien, répondit-il, la voix pleine de stupéfaction.

— Je ne voulais pas, répétai-je, je me suis laissé emporter !

— C'est rien, répéta-t-il plus fermement cette fois, avec le début d'un sourire.

— Ça n'arrivera plus, Ang'.

— Tu n'écoutes jamais, hein ? dit-il en secouant la tête, amusé. C'est rien !

Cette fois, il souriait pour de bon. Il se rapprocha pour que nous soyons à la même hauteur.

— Tout est différent avec toi, Zach. Tout ! J'ai toujours détesté quand les autres types le faisaient. Pour beaucoup de raisons. Mais la plus grande, c'est que j'avais l'impression qu'ils essayaient de prendre le contrôle. Comme s'ils ne faisaient que prendre en fait, sans rien donner en retour.

— Ce n'est pas ce que je voulais...

— Je sais, Zach ! C'est ce que je dis ! C'est pour ça que ce n'est pas grave. Parce que tu ne prends jamais rien que je ne veuille pas te donner.

Il m'embrassa alors, tendrement, ses lèvres touchant toujours les miennes quand il ajouta :

— Tu ne prends jamais rien.

— Je ne suis pas sûr que ce soit vrai.

Il hocha la tête.

— Moi, je suis sûr. Je saurais. Tu me donnes tant, Zach. Je ne crois pas que je te rende quoi que ce soit.

Ça, ce n'était pas vrai. J'avais mon travail grâce à lui. J'avais retrouvé toute ma vie grâce à lui.

— Angelo...

— La ferme, Zach.

Il embrassa la paume de ma main, puis tourna la tête pour que mes doigts soient dans ses cheveux.

— Je veux que tu prennes ce dont tu as besoin, Zach. C'est tout ce que je peux te donner.

Je pensais quand même qu'il avait tort. Je ne comprenais pas qu'il ressente les choses comme ça. Mais son regard me suppliait de ne pas protester, d'accepter ce qu'il tentait de m'offrir. Je l'étreignis et le serrai fort contre moi.

— Je t'aime tant, Angelo.

— Je sais, Zach.

Il posa la tête sur mon torse. À le serrer ainsi contre moi, je sus l'effort qu'il fit pour dire ce qui suivit. Ses bras se refermèrent autour de ma taille, il se tendit tout entier. Sa voix était si douce, juste un murmure, je dus tendre l'oreille pour l'entendre. Il dit simplement :

— Je t'aime aussi.

J'en eus les larmes aux yeux. Je ne l'entendrais probablement plus avant longtemps, mais je m'en fichais. C'était plus que suffisant. Je l'étreignis fort et répondit tout aussi simplement :

— Je sais.

Épilogue…

À : ZACH et son ange

Alors tu me crois maintenant ?
Ruby

MARIE SEXTON a toujours été douée pour l'aspect technique de l'écriture mais n'avait jamais eu de bonnes idées d'histoires. Après avoir obtenu son diplôme à l'université du Colorado, elle a travaillé durant onze ans dans une clinique de gynécologie. Elle a quitté cette clinique à peu près au même moment où elle a commencé à écrire des romances M/M. Dans les mois qui ont suivi, le brouillard dans sa tête s'est évaporé et sa première histoire a vu le jour.

Marie vit dans le Colorado. Elle est fan de tout ce qui comporte des jeunes hommes musclés qui se sautent les uns sur les autres. Elle aime particulièrement les Denver Broncos et assister aux matchs avec son mari. Matt et Jared les accompagnent souvent. Marie a une fille, deux chats et un chien ; tous semblent déterminés à vouloir détruire ce qui reste de sa santé mentale. Mais elle les aime quand même.

Visitez le site web de Marie au http://www.MarieSexton.net ou trouvez-la sur Facebook

www.ingramcontent.com/pod-product-compliance
Lightning Source LLC
Chambersburg PA
CBHW022152240626
47153CB00007B/2628